하이, 제시카!

하이, 제시카!

흔들리지 않는 인생을 위한 슬기로운 마흔 생활

초 판 1쇄 2024년 10월 25일

지은이 김형주
펴낸이 류종렬

펴낸곳 미다스북스
본부장 임종익
편집장 이다경, 김가영
디자인 임인영, 윤가희
책임진행 이예나, 김요섭, 안채원, 김은진, 장민주

등록 2001년 3월 21일 제2001-000040호
주소 서울시 마포구 양화로 133 서교타워 711호
전화 02) 322-7802~3
팩스 02) 6007-1845
블로그 http://blog.naver.com/midasbooks
전자주소 midasbooks@hanmail.net
페이스북 https://www.facebook.com/midasbooks425
인스타그램 https://www.instagram.com/midasbooks

© 김형주, 미다스북스 2024, *Printed in Korea.*

ISBN 979-11-6910-867-6 03810

값 18,500원

미다스북스는 다음세대에게 필요한 지혜와 교양을 생각합니다.

하이, 제시카!

흔들리지 않는 인생을 위한 슬기로운 마흔 생활

김형주 지음

미다스북스

새로운 삶을 펼쳐나갈 제시카,

_____ 에게

우리는 모두 '제시카' 입니다.

인생을 연명하다 마흔 즈음부터 인생을 살기 시작했습니다. 연명하는 삶과 살아가는 삶이 엄연히 다르다는 사실을 늦은 나이에 깨달았거든요. 오스카 와일드의 명언이 마음에서 떠나질 않습니다. "산다는 것은 세상에서 가장 어려운 일이다. 대부분의 사람들은 그저 연명할 뿐이다."

늦었지만 제대로 살아보기로 마음먹었습니다. '어떻게 살아야 하는가'에 대한 답은 결국 스스로 찾아야 하니까요. '인생 도전' 한번 해보자는 생각으로 '마흔'이라는 나이대를 살았습니다. 삶에 관해 참 많은 궁리를 했고, 여러 가지 시행착오를 겪었지만, 마침내 제가 원하는 삶의 모습을 찾은 거 같아요. 그리고 이런 삶을 살아가는 저 자신을 '제시카'라 부르기로 합니다.

제시카는

늘 책을 가까이하고,

적극적인 건강함을 추구하며,

자신이 좋아하는 패턴으로 습관이 잡혀 있고,

감정적으로 풍요로운 삶을 삽니다.

일상 속에서 재미를 추구하며,

작은 행복의 순간을 많이 만들고,

유쾌한 공동체를 통하여 지적 소통을 이어가고,

자신의 목소리에 항상 귀 기울입니다.

생을 마감하는 그 순간까지 단단하게 인생을 살아내고 싶습니다. 늘 제시카의 모습으로 살고 싶습니다. 이 책에는 저의 이야기이자 제시카의 이야기를 '독서', '건강', '소통', 그리고 '마음가짐'으로 정리하여 담았습니다. 저의 좌충우돌 성장기이며 제시카의 인생 조언입니다. 흔들리지 않는 인생을 위한 슬기로운 마흔 생활에 관한 이야기입니다.

여러분도 제시카의 조언을 참고하여 자신이 원하는 삶의 모습을 탐색해보시길 바랍니다. 각자가 바라는 모습으로 슬기롭게 사는 우리는 모두 제시카입니다. 여러분의 흔들리지 않는 단단한 인생을 응원합니다. 하이, 제시카!

1장

마흔에 필요한 독서

"제시카, 책이 주는 즐거움을 누려보세요!"

2장

마흔이 지켜야 할 건강

"몸과 마음을 챙기고 조화롭게 살아요, 제시카!"

3장

마흔의 슬기로운 소통

"제시카는 좋은 사람과 만나고 나와 잘 지낸답니다"

4장

마흔의 곧바른 마음가짐

"제시카의 세상을 재미있고 아름답게!"

1장

마흔에 필요한 독서

제시카, 책이 주는 즐거움을 누려 보세요!

마흔 즈음하여 제대로 된 독서를 시작했습니다. '인생 도전'이라 생각하며 시작한 책 읽기는 저를 완전히 바꿔놓았죠. 저는 매일 책을 읽는 삶을 살고 있습니다. 사람들과 독서 모임을 빙자하여 지적 수다를 떨고, 책 속 세상에 온전히 빠져들어 현실에서는 경험할 수 없는 다채로운 경험을 하기도 합니다. 순수한 재미에 더해, 풍요로운 감정생활을 하며, 인생의 지혜를 얻고 더 나아가 적극적으로 삶을 살아가는 근력을 키웁니다. 저는 어느덧 멋진 중년으로 늙어갑니다.

◇

◇

◇

◇

◇

◇

◇

1

마흔, 책 읽기를 시작하기 좋은 나이

"내 우주가 넓어지는 이 경험, 정말 짜릿한 경험이며 평생 간직하고 싶은 취미다."

마흔이 되어서야 책을 읽기 시작했다. 이십 대에는 방황하고 새로운 출발을 하느라 너무 바빴고, 삼십 대에는 직장에 다니며 출산과 육아를 했기에 나를 위해 시간을 쓴다는 건 사치였다. 그러다 아이들이 어느 정도 자라고 나니 나를 되돌아볼 여유가 조금씩 생겼다. 나는 제일 먼저 책을 읽기 시작했다. 그리고 그렇게 독서를 시작한 지 이제 10년이 되었다. 무미건조했던 내 삶은 지금 완벽하게 변했다. 하루하루가 즐겁고 행복하다. '책'은 내 인생에 주어진 가장 큰 '선물'이다.

◇ ◇ ◇

무미건조한 삶에서 벗어나보자

책을 읽기 전 나의 모습은 한심했다. 아침에 일어나서 아이들과 씨름하며 아등바등 출근 준비를 한다. 지하철을 타고 회사에 가는 길엔 내내 일 생각이다. 오늘 챙겨야 할 업무가 뭔지, 팀장님께 어떤 보고를 해야 할지. 사무실에 도착해 온종일 눈코 뜰 새 없이 일하다 보면 어느새 퇴근 시간. 눈치를 보며 가방을 싸 들고 부리나케 집으로 향한다.

아이들 숙제 챙길 게 뭐가 있는지, 혹시나 학교 알리미에 뜬 내용이 없는지 스마트폰으로 확인한다. 가끔 지하철에서 여유를 부리고 싶을 때면 핸드폰으로 게임을 하거나 쇼핑몰 사이트를 둘러본다. 눈에 띄는 제품이 있는지 찾다 보면 어느새 집 앞 지하철역에 도착한다. 집에 와서 저녁을 먹고 아이들 숙제를 봐주고 내일 회사에서 무엇을 할지 살짝 고민하다가 잠자리에 든다.

무미건조하다. 집과 회사밖에 소속된 곳이 없다. 내 머릿속은 집안일과 회사 일로 가득 차 있다. 매일 같은 일상의 반복이다. 그래서 가끔 남편에게 여행을 가자고 조른다. 그나마 여행이 이 무미건조한 삶에 활력을 줄 수 있는 유일한 이벤트였다. 여행을 준비하고 기다리면서 반복되는 일상을 버텨냈다.

힘들긴 하지만 여행은 좋다. 하지만 여행에서 돌아오면 또 재미없는 삶을 계속 살아간다. 정년이 보장된 직장이다 보니 삶은 안정적이다. 만 60세까지 이런 삶이 지속되겠지. 아니다! 이렇게 계속 살 수는 없다.

그래서 그랬다. 연명하는 삶에 안주하는 내가 너무 한심했다. 그래서 그랬다. 실험이 필요했다. 내 삶에 관한 실험. 몇 년이 걸릴지도 모르지만, 장기 실험을 한번 해보자. 실패해도 어차피 무미건조한 삶인데 밑져야 본전이다. 내 인생 실험의 첫 과제는 책 읽기다.

◇ ◇ ◇
좌충우돌 책 읽기를 시작하다

독서를 해보자 다짐했지만, 한동안 우왕좌왕했다. 어떤 책을 읽을지, 언제 어디서 읽을지 영~ 감이 오지 않는다. 작정하고 도서관이나 서점도 방문했지만 그럴 때마다 멀미가 났다. 어마어마한 책들에 에워싸여 나는 점점 작아진다. 책장이 점점 커지면서 나를 압도하는 장면이 항상 내 머릿속에 떠올랐다. 가슴이 답답하고 숨 쉬기가 불편할 지경이다. 책을 한 권 빼 들기가 그렇게 어려웠다.

책을 주문하는 것도 만만치 않다. 내 돈 주고 사는 책이니만큼 실패하면 안 된다. 그러니 내용은 재밌고 교훈도 있어야 하고, 소장을 할 책이니 디자인도 예뻐야 하고…. 아이고 머리야. 책을 사는 게 이리도 어려웠다.

서점에서 책 사길 포기했다. 욕심내지 말자. 회사 도서관에서 그냥 책을 빌려 읽기로 했다. 다행히 자그마한 그 공간에 들어서면 마음이

편했다. 나를 위협하는 책장과 넘쳐나는 책이 없다. 나는 그곳에서 최근 도서 3권을 골랐다. 김미경의 『아트 스피치』, 데일 카네기의 『데일 카네기 인간관계론』, 그리고 이지성의 『리딩으로 리드하라』라는 책이다.

이 책들을 고른 이유는 내가 생각하는 나의 콤플렉스와 관련이 있다. 평소에 과묵했던 나는 말을 잘하고 싶었고, 사람들과의 관계가 늘 어려웠기에 도움을 받고 싶었다. 그리고 책을 읽겠다고 다짐했으니 독서에 관한 책 한 권쯤은 읽어봐야 하지 않겠는가.

그런데 진짜 난독증인가 보다. 글자가 눈에 들어오지 않는다. 머릿속으로는 계속 딴생각이다. 그냥 책 읽기를 포기할까? 책을 읽지 않고도 지금까지 잘 살았는데 무슨 부귀영화를 누리겠다고 내가 이 짓을 하는 건지.

그땐 우리 집에 책 읽을 공간도 없었다. 30평대 아파트에 맞벌이 부부와 초등학생 딸아이, 유치원생 아들 그리고 아이들을 봐주시는 우리 엄마가 함께 살았다.

작은방 하나는 엄마께 내드렸고, 안방은 우리 가족 4명이 잠자는 방, 그리고 나머지 방 하나는 초등학생 딸아이의 공부방이다. 딸 방은 드레스룸 행거가 있어 옷방을 겸하는 복합적인 공간이기도 하다. 그리고 우리 집의 유일한 책상이 바로 이 방에 있다. 그래서 딸이 잠들고 나면 그 책상을 그나마 쓸 수 있으나 이 또한 남편과 경쟁해야 한다.

그냥 책을 읽지 말아야겠다. 음… 아니다. 작정했으니 뭐가 되든 한 번 제대로 시작은 해보자! 한 권, 두 권… 책을 읽었다. 식구가 다 잠든 밤에 딸아이의 책상에서 책을 읽고, 엄마가 지방에 내려가시는 주말에는 엄마 방에서 몰래몰래 책을 읽었다.

　작정하고 책을 읽으니 의외로 재미있었다. 김미경의 『아트 스피치』는 말하기에 관한 조언으로 가득했다. 자신의 마음을 전해 상대방의 마음을 움직이는 것이 소통의 기본이라고 했다.

　『데일 카네기 인간관계론』을 읽으며 '인간관계'도 공부해야 하는 주제라는 걸 깨달았다. 그리고 이 책이 상당히 유명한 책인지를 읽고 나서야 알았다. 마지막으로 이지성의 『리딩으로 리드하라』는 고전의 중요성을 설파하고 인류 역사 속 천재들의 사고 혁명을 이루는 이야기를 들려줌으로써 독서에 대한 열의를 불러일으켰다.

　그렇게 나의 책 읽기는 시작되었다. 다음에 읽을 책을 고르는 건 어렵지 않았다. 한 권의 책을 재미있게 읽고 나면 다음으로 읽고 싶은 책들이 줄을 이었다. 책 속에 소개된 책이나 해당 작가의 또 다른 책 그리고 동일한 주제의 베스트셀러나 스테디셀러도 좋은 후보가 되었다.

　점점 '읽고 싶은 책' 목록은 쌓여만 가고 즐거운 비명을 지르며 시간이 짧음을 아쉬워하는 상황에까지 이른다.

◇ ◇ ◇
드디어 완성한 나의 책 읽기 루틴

곧바로 나의 새로운 고민이 시작되었다. 책은 재미있게 읽었으나 마지막 페이지를 덮고 나면 머릿속에 남는 내용이 없다. 큰 줄거리도 생각나지 않는다. 에잇! 속은 기분이다. 나 자신에게 속은 느낌이다. 책을 읽는 동안 그렇게 몰입해서 재미있게 읽었는데 내용이 기억나지 않다니.

목차를 다시 살펴보고 책장을 스르르 넘겨보니 그제야 읽은 내용이 떠오른다. 밑줄 친 부분을 다시 읽으니 그 문장을 읽을 때의 느낌과 감정이 다시 살아났다. 읽긴 읽은 것이다. 하하.

만약 내가 다시 목차를 들춰보거나 밑줄을 다시 챙겨보지 않았다면 아마 기억의 저편에 간당간당 매달려 있다가 소리 없이 사라져버릴 것들이었다. 억울했다. 몇 시간, 며칠을 두고 읽었는데 남는 게 없다니. 어쩌면 좋을까.

혼자 고민하는 시간이 길어졌다. 노트를 사서 '필사'를 해보기도 했지만 실패했다. 그러다 문득 블로그가 떠올랐다. 오~ 괜찮은 아이디어인데~. 바로 블로그 계정을 하나 만들었다. 그리고 익명을 유지하며 독서 기록을 남기기로 했다.

시작은 매우 허술했다. 나는 책을 읽고 난 느낌과 떠오르는 생각을 아주 짧게 기록했고, 가끔 발췌한 문장도 담았다. 하지만 글이 하나, 둘 쌓이면서 책을 읽은 성취감은 점점 커졌고 글의 내용도 알차졌다. 그렇게 오래된 나의 고민은 블로그로 해결되었다.

책을 읽으며 밑줄을 긋는다. 책을 읽는 동안 스멀스멀 올라오는 영감이나 생각은 스마트폰 메모 앱에 기록한다. 그렇게 그은 밑줄과 메모해둔 생각을 추리고 정리해서 블로그에 남긴다.

① 책 읽기 → ② 밑줄 긋기, 생각 기록 → ③ 블로그에 독서 기록 남기기

나의 경우, 이 세 가지 활동이 완성되지 않으면 책을 읽었다고 할 수 없다. 특히 독서 기록이 가장 중요한 단계다. 책은 대충 읽을 수 있지만, 독서 기록은 대충할 수가 없다. 읽었으나 기록하지 못한 책이 있으면 난 어딘가 불편하다. 그만큼 독서 기록은 나에게 가장 중요한 활동이 되었다.

나는 이제 이 루틴에서 벗어날 수 없는 지경, 아니 경지에 이르렀다. 안정적인 책 읽기 습관을 만든 것이다. 마흔에 시작한 첫 인생 실험에서 나는 나름 성공했다고 본다. 책 읽기가, 그것도 안정적인 책 읽기 습관이 내 삶의 루틴으로 자리 잡았다. 불안했던 내 삶은 이제 하루하루 찬란한 삶을 위한 기본기를 장착했다.

◇ ◇ ◇

독서는 나의 우주를 넓히는 평생 취미다

안정적인 책 읽기 습관, 그 자체는 달리기를 하려고 출발선에 선 것과 같다. 출발선에 섰으니 이제 달려야 한다. 어느 방향으로, 그리고 얼마의 속도로 달릴 것인가. 책 읽기는 또한 내 우주를 넓히는 활동이다. 내 우주는 무엇으로 넓힐 것인가. 모두가 행복한 고민이 아닐 수 없다.

몇 년에 걸쳐 읽은 책들이 누적되다 보니 내 우주를 채우고 싶은 큼직한 주제들이 드러났다. 그것은 내 삶의 화두다. 그것들만 챙겨도 내 삶은 풍요로움으로 가득하리라 믿는다. 독서, 고전, 운동, 습관, 소통, 생각, 공감, 뇌, 감정, 역사, 철학, 인문, 미술, 글쓰기 등이 그것이다. 이 주제에 관한 책들만 보면 끌린다. 내 삶에 재미와 의미를 주는 주제들이다.

한 권 한 권 책을 읽을 때마다 나의 우주가 넓어지는 경험을 한다. 한창 책에 빠졌을 때 읽은 채사장의 『지적 대화를 위한 넓고 얕은 지식 : 제로 편』, 머리 스타인의 『융의 영혼의 지도』, 그리고 칼 세이건의 『코스모스』와 데이비드 이글먼의 『더 브레인』 등은 나의 우주를 상식, 심리학, 천문학(혹은 인류학), 뇌과학 영역으로 넓혀주었다.

'불교'를 알고 싶어서 『인문학을 좋아하는 사람들을 위한 불교 수업』도 구매해서 읽는다. 나중에는 성경도 읽어보고 싶다. 내 우주가 넓어지는 이 경험, 정말 짜릿한 경험이며 평생 간직하고 싶은 취미다.

2

소설 속 재미는 무궁무진하니까!

"내 삶의 틈새에 파고든 행복감은 많은 것들이 책 읽기에서 비롯되었다."

과거에는 지식의 습득이 책을 읽는 주된 이유라고 생각했다. 그래서 나는 소설을 좋아하지 않았다. 깊이가 얇고 흥미 위주의 글이라 여겼기 때문이다. 하지만 책을 제대로 읽게 되면서 지식이나 정보의 습득만을 목적으로 하는 독서가 얼마나 부질없는 것인지 깨달았다. 그리고 타자의 인생에 대한 간접경험이 매우 소중하고 가치 있다는 사실을 알게 되었다. 이제 소설은 그야말로 나에겐 오아시스고 무궁무진한 재미의 원천이다.

◇ ◇ ◇

『살인자의 기억법』, 정신적 미로와 자아분열로 이어지는 쾌감

주인공인 연쇄살인범 김병수, 이제는 살인을 그만둔 지 26년이 지나고 70세에 이른 노인이다. 완벽한 살인을 위해 일지를 쓰려 하지만,

쉽게 쓰이지 않자 그는 문화센터의 시 강좌를 듣기 시작한다.

그가 강사와 주고받는 대화가 참 재밌다. 독자를 키득거리게 만들지만 팩트가 숨겨져 있는 대화들. 작가가 심어놓은 장치에 걸려든 나는 '주인공 김병수는 참 인간적인 사람이구나.' 생각하며 자세를 편히 고쳐 앉고서 다시 책을 읽는다.

김병수는 자신이 살해한 한 부부의 딸인 은희를 데리고 산다. 살인을 멈추고 26년간 은희를 키웠으며, 이제 은희는 어엿한 아가씨가 되었다. 살인자 김병수는 아이러니하게도 은희를 통하여 그나마 인간다운 삶을 살고 있다.

어느 날 마을에 연쇄살인이 일어난다. 병수는 딸 은희가 걱정이다. 그즈음 마을에 수상한 민태주라는 사람이 나타난다. 김병수는 살인자의 촉으로 민태주가 연쇄살인범임을 직감한다. 그런데 은희에게 남자가 생긴다. 바로 민태주다. 민태주가 의도적으로 은희에게 접근한 것같다. 은희를 살려야 한다. 내가 먼저 민태주를 죽여야 한다.

김병수는 알츠하이머에 걸렸고 그 정도가 점점 심해진다. 최근의 기억부터 머릿속에서 지워진다. 방금 전, 아니 지금 내가 뭘 하고 있었는지도 기억할 수가 없다. 기억해야 한다. 기억해내야 한다. 은희를 지켜야 한다. 김병수는 메모, 녹음 등 온갖 수단을 동원하여 자신의 기억을 부여잡으려 노력한다. 오로지 은희를 살리기 위해, 민태주를 죽이기 위해….

여기까지 몰입해서 책을 읽어가는데, '탁' 하는 느낌과 함께 갑자기 내가 치매에 걸린 것 같다. 한순간 지금까지의 설정과 플롯이 모두 믿을 수 없는 것이 되어버린다. 이 소설은 1인칭 주인공 시점인 소설인데, 주인공은 치매에 걸렸다. 지금까지 독자들이 믿었던 어떤 것도 진실인 것이 없다. 혼란스럽다. 허무하면서도 한편으로는 놀랍다.

김병수가 확신하던, 자신의 행동과 계획에 대한 근본적인 생각들이 결국 허상인 것처럼, 인간이 가진 믿음들이 모두 허상은 아닐까? 반야경과 니체의 인용이 의미 있게 다가온다. "모든 것이 허상이고 무(無)이다."

"인간은 그저 한갓 우주 속의 작은 점에 지나지 않으며 이 또한 사라질 것이다." 감옥에서 김병수가 깨닫는 이 생각이 작가 김영하가 그려내고자 했던 주제가 아닐까. 작가는 말한다. "인간은 시간이라는 감옥에 갇힌 죄수다. 치매에 걸린 인간은 벽이 좁아지는 감옥에 갇힌 죄수다."

난 아직도 김영하 작가의 『살인자의 기억법』을 읽던 때를 잊을 수가 없다. 그가 한창 베스트셀러 작가로 많이 회자될 때 읽은 첫 번째 책인데, 그때 내가 받은 인상은 무척 강렬했다. 마지막 부분을 읽던 때는 늦은 퇴근 후 집 아파트 1층에서 엘리베이터를 기다리던 중이었다. 뒤통수를 한 대 얻어맞은 느낌! 딱 그 느낌이었다.

나는 엘리베이터 몇 대를 보내며 1층에 그렇게 우두커니 서서 한참을 움직이질 못했다. 카프카가 말한 것처럼 '도끼'로 한 대 얻어맞은 느낌이었다. 웃음이 났다. 김영하 작가가 정말 대단하다 느꼈다. 어쩜 이런 시나리오로 글을 쓰다니. 소설가는 아무나 하는 게 아니구나 싶었다.

철이 없었을 때 나는 답이 없으면 불안했다. 답이 명확히 나오지 않는 질문엔 '그래서 뭐? 어쩌라고!'라는 반응을 달고 살았다. 그래서 수학과 물리학을 좋아하고 국어와 사회를 싫어했다.

하지만 난 이제 문학, 철학, 인문학 등 답이 없는 과목이 좋다. 김영하 작가의 표현을 빌리자면, 이들은 재미를 넘어서 정신의 미로에서 기분 좋게 헤매는 경험, 급기야 자아분열로 이어지는 반가운 경험을 선사한다.

특히, 고전소설은 무척 헤매기 좋다. 난 고전을 읽으며 정신적 미로와 자아분열을 경험하지만, 결코 슬프지 않으며 오히려 탐닉한다. 내가 좋아하는 카프카의 문구와 일맥상통한다. "책은 얼어붙은 감수성을 깨는 도끼가 되어야 한다."

어느 순간부터 나는 책을 읽으며 이 책은 나에게 도끼인지 스스로에게 묻는다. 그리고 나에게 도끼가 된 책, 즉 자아분열로 이어지게 만든 책을 높이 평가한다.

난 소설을 한 권 끝내고 나면 항상 다음으로 읽을 소설을 탐색한다.

내 감수성에 도끼와도 같은 책, 기분 좋게 헤매는 경험을 선사해줄 만한 책, 나에게 또 다른 『살인자의 기억법』이 될 만한 책을 설레는 마음으로 찾는다. 나의 '지금 읽는 책' 목록에는 항상 소설이 한 권 이상은 들어가 있다.

◇ ◇ ◇

『불편한 편의점』, 흐뭇한 엔딩이 주는 기분 좋음

염영숙 여사는 청파동에서 ALWAYS라는 작은 편의점을 운영하는 일흔 나이의 퇴직 교사다. 부산행 KTX를 타고 가는 길에 자신의 지갑과 신분증이 든 분홍 파우치를 분실한 걸 알게 된다. 평택 부근을 지나고 있을 때였다. 그때 걸려온 전화 한 통. 전화를 건 사람은 분명 노숙자임이 틀림없다. 당신의 파우치를 들고 있단다. 염 여사는 냉큼 반대편 기차를 타고 서울역으로 되돌아가고, 그렇게 미련퉁이 같은 '독고'를 만난다.

냄새나고 수염이 덥수룩하고 피와 콧물이 범벅된, 말을 더듬는 천생 노숙자다. 하지만 행동들이 모두 경우가 있고 올바르다. 이름도 모르고 과거를 기억하지 못하는 그는 자신을 '독고'라고 소개한다. 여차여차하여 독고는 비어 있던 편의점의 야간 아르바이트생이 되어 저녁 10시부터 다음 날 오전 8시까지 염 여사의 편의점에서 일을 시작한다.

기본적인 접객 업무에 더해 진열대 상품 채우기, 폐기 상품 정리 등을
척척 해낸다.

아르바이트생의 생계를 지켜주기 위해 편의점을 운영한다는 염 여
사를 포함하여 편의점을 중심으로 한 주변인들은 독고와의 관계를 통
해 하나, 둘 삶의 의미와 희망을 찾아간다. 훈훈하다. 훈훈하다 못해
너무 따뜻하다. 미련퉁이 독고의 경우 있음과 성실함 그리고 예의 바
름과 배려심은 별거 아닌 듯 시나브로 주변 사람들을 변화시킨다.

낮 시간대 아르바이트생인 시현은 다른 편의점 정직원으로 스카우
트되고, 오전 시간대 아르바이트생인 까칠한 오 여사는 아들과 '대화'
라는 걸 시작한다. 의료 기기 영업 직원이자 밤 11시 단골손님인 경만
의 경우 가족이 다시 화목해지고, 배우에서 작가로 전향했지만 이렇
다 할 작품을 쓰지 못하던 인경은 '독고'라는 인물에 영감을 얻어 작품
을 쓰고 출판 계약까지 따낸다.

염 여사의 아들이 독고를 내쫓기 위해 고용한 곽 노인은 독고 편이
되고, 노후를 걱정하던 곽 노인은 독고의 후임으로 월 200이 넘는 편
의점 야간 아르바이트를 시작한다. 독고가 자신의 과거 기억을 되찾
고 다시 새로운 삶을 찾아 대구로 떠나기 때문이다.

마지막 챕터는 우리의 주인공 독고에 관한 이야기다. 그가 왜 과거
의 기억을 잊고 노숙자가 되었는지, 그리고 왜 이번 겨울에 편의점에

서 따뜻하게 지내다가 봄이 되면 한강 다리에서 삶을 마감하려 했는지 드디어 알 수 있다. 그 이유는 바로 그가 과거에 가족들과 소통하지 못하고 불행한 삶을 살았기 때문이다. 마지막 그의 깨달음은 독자의 마음을 뭉클하게 만든다. "행복은 멀리 있지 않고 내 옆의 사람들과 마음을 나누는 데 있음을 이제 깨달았다."

김호연 작가의 『불편한 편의점』을 읽는 내내 흐뭇했고 벅찼다. 이런 기분을 느낄 수 있게 해준 작가님께 고마운 마음이 마구마구 솟아나는 그런 소설이었다. 재미와 감동을 주는 책이란 바로 이런 책이다.

자기 계발서에서 소통하라고 아무리 외쳐도 와 닿지 않을 때가 있다. '네 말이 정말 맞아?'라는 검열의 시선을 켠 채로 책을 읽게 되는 것이 하나의 이유다. 하지만 소설의 경우, 독자는 보다 편한 마음으로 내용을 받아들인다. 그리고 순순히 등장인물의 감정에 이입되기도 한다. 그들의 깨달음은 나의 깨달음이 된다. 그래서 소설을 읽고 나면 자기 계발서를 읽었을 때보다 내 삶이 한층 풍요로워진다.

◇ ◇ ◇

『꿀벌과 천둥』, 예술적 감수성이 터져 나오는 뭉클함

2017년 일본 서점대상과 나오키상을 수상한 온다 리쿠의 『꿀벌과 천둥』이라는 책을 읽었다. '꿀벌'은 뭐고 '천둥'은 또 뭐야? 처음엔 시큰 둥했지만 독서 모임 책이라 읽지 않을 수 없었다.

그런데 결국 이 책은 내 인생 최고의 책이 되고 만다. 책을 읽은 뒤로 한동안 주변에 이 책을 추천하고 다닐 만큼 매우 감동적인 책이었다.

이 소설은 국제적인 피아노 콩쿠르 중 하나인 일본의 '요시가에 콩쿠르'의 예선전부터 본선까지 의 며칠간 이야기를 담고 있다. 심사위원 2명과 콩쿠르 참가자 4명이 중점적으로 그려진다.

어릴 적 피아노 천재였으나 엄마의 죽음 이후 홀연히 사라졌다 스무 살 아가씨가 되어 돌아온 에이덴 아야. 심사위원 너새니얼의 제자로 혜성처럼 나타난 18세의 천재 피아니스트 마사루 카를로스. 그리고 엉뚱하면서도 기이한 꿀벌 소년 가자마 진! 특히 가자마 진은 음악계에 대이변이 될 수도 있는 존재다. 이 세상 모든 소리를 분별하는 능력을 지닌 천재 소년이다. 마지막으로 한 가정의 아버지이자 28세라는 고령의 나이로 콩쿠르에 참가한 다카시마 아카시.

소설은 그들의 연주를 직접적으로 묘사하지는 않는다. 대신 청자들을 어떤 풍요로운 가상의 공간으로 데리고 간다. 나는 내가 상상으로 만들어낸 그 아름답고 환상적인 공간에서 피아노 연주 소리에 맞춰 느리게 또는 격렬하게 부유하며 온몸으로 그들의 연주를 느낀다. 마치 내가 연주자인 듯하다. 자유롭다. 한편으론 가슴 저리도록 슬프다.

하지만 다시 형용할 수 없는 기쁨으로 가슴이 벅차오른다. 정말 뭉클함의 진수다. 가슴 깊숙한 곳에서 뜨거운 무언가가 타고 흐른다. 책을 읽는 동안 내 눈에서도 눈물이 흘러내린다. 책을 읽으며 느끼는 이 황홀함이라니. 참가자들 또한 예선 1차, 2차, 3차 그리고 본선을 거치며 감정적으로, 인간적으로 한 단계씩 성장해나간다.

2017년 가을이었다. 캐나다 중앙은행과 미국 연방중앙은행(FRB)을 동시에 방문하는 출장이 잡혔다. 여행 갈 때면 늘 책을 챙기던 나는 장시간 비행기를 타야 하기에 이번 출장에는 무겁지만 두꺼운 이 책을 챙겼다.

미국 숙소인 맨해튼의 한 호텔에 들어갔을 때였다. 자려고 침대에 누웠는데 시차 적응이 안 되어 두 눈이 말똥말똥했다. 차라리 책을 읽자. 난 옆에 잠든 동료를 깨울까 봐 조심스럽게 책을 들고 화장실에 들어갔다.

그런데 화장실에서 나올 수가 없다. 에이덴 아야의 본선 연주가 시작된 것이다. 피아노 소리를 상상하며 나는 그녀의 연주와 그녀가 마주하는 감정을 읽어 내려갔다. 황홀한 동시에 마음속 깊은 곳으로 에이덴 아야가 느끼는 슬픔과 깨달음이 그대로 전해지며 가슴이 아려온다. 아, 슬프지만 한편으로 행복하다! 도저히 책 읽기를 멈출 수가 없다. 한 장, 두 장 책장을 넘기며 나는 책을 읽는 독자에서 어느덧 콩쿠르 본선 무대를 감상하는 관객이 되어버린다. 그렇게 미국의 호텔 방 화장실에서 나는 아린 가슴을 부여잡고 충혈된 눈으로 이 책에 탐닉했다.

미국 출장을 기억할 때마다 나는 화장실에서 밤새 읽던 『꿀벌과 천둥』을 떠올리며 늘 미소 짓곤 한다. 내 삶의 틈새에 파고든 행복은 이처럼 많은 것들이 책 읽기에서 비롯되었다.

고전에서 발견하는 인생의 지혜

"상대방을 가르치려 들 수는 있지만, 상대방을 깨닫게 할 수는 없다."

고전에는 인생의 질문이 담겨 있다. 답이 아니라 질문이다. 우리는 책을 읽으며 다양한 질문을 마주하게 되고 그 질문에 대한 나름의 답을 찾기 위해 고군분투한다. 어느덧 책 읽기는 끝나고 치열했던 그 질문과의 싸움에서 나만의 결론을 건지기도 한다. 장렬하게 싸웠다면, 다시 말해 책을 열심히 읽으며 소설이 던지는 질문에 자신만의 해답을 구하고자 궁리하고 생각을 반복했다면 말이다.

◇ ◇ ◇

『변신』, 나는 잘 살고 있는가

기괴하고 수수께끼 같은 작품으로 늘 세상을 놀라게 하는 프란츠 카프카. 『변신』은 그의 대표 단편소설이다. 다음과 같은 이 책의 첫 문장은 완전 기괴함의 끝판왕이라 할 만하다. "어느 날 아침 그레고르 잠자가 불안한 꿈에서 깨어났을 때 그는 침대 속에서 한 마리의 흉측한 갑충으로 변해 있는 자신의 모습을 발견했다."

첫 문장을 읽고 충격을 받은 나는 더는 읽어 내려가지 못하고 한동안 멍한 상태로 시간을 흘려보냈다. 한참 뒤 마음을 추스르고 다시 책을 들었을 때, 과연 이 독특하고 괴이한 소설이 어떻게 전개될지 너무 궁금해서 손에서 책을 떼지 못하고 읽어나갔다. 과연 카프카는 이 엄청난 시작을 어떻게 마무리할까.

외판원인 그레고르 잠자는 은퇴하신 아버지와 어머니 그리고 학생인 여동생 뒷바라지를 하며 유일하게 가족의 생계를 책임지고 있다. 그는 가족을 위해 미친 듯이 일하지만, 가족들은 그와 너무 상반된 생활을 한다. 내가 직장인이라서 그런지, 주인공의 모습을 보는 내내 나는 불편했다. 하물며 그는 여동생의 학비를 몰래 마련하기 위해 더욱 자신을 갈아 넣으며 일한다.

그런데 어느 날 아침, 그레고르 잠자가 갑충으로 변하고 만 것이다. 가족들은 충격에 사로잡히지만, 시간이 흐르며 그와 함께 사는 것에 적응한다. 그러나 가족들에게 잠자의 존재는 점점 불편해진다. 결국 가족의 무관심 속에서 잠자는 서서히 죽어가고 마지막엔 도우미 아줌마의 손에 의해 조용히 치워지고 만다. 아버지는 직장을 다시 얻고 가족들은 오히려 더욱 활기찬 생활을 시작하게 되는데, 가족들에겐 해피엔딩이다.

책을 읽는 동안 잠자의 모습이 머릿속에서 떠나질 않는다. 회사에서 일하는 중인데도 불쑥불쑥 잠자가 떠오른다. 잠자는 이 시대를 살아가는 수많은 직장인 혹은 가장의 모습이 아닐까? 나도 직장인으로서, 나는 과연 무엇을 위해 일을 하느냐는 질문에까지 이른다. 내가 직장을 다니면서 사소한 것 하나하나 걱정하며 조금만 더 조금만 더 하고 속으로 외칠 때 나는 어디로 가고 있는지 조금은 멀찌감치 떨어져서 나를 바라봐야겠다고 생각을 했다.

잠자에게 화가 나다가도 그에게 향했던 시선은 매번 나에게로 향한다. 나는 어떤가. 잠자에게 화를 내는 이유는 뭔가. 자신을 돌보지 않고 남만 챙겨서? 너무 어리석을 만큼 착해서? 이 책을 읽은 누군가는 나와 비슷한 질문을 하지 않을까.

이 책이 던진 질문에 나만의 답을 찾는다. 인생의 어려움을 혼자서 해결하지 말자고. 모든 어려움을 혼자 떠안고 애쓰다 보면 결국 나는 갑충으로 변하게 되고 서서히 주위에 기억되지 못하다가 사라져갈 것이라고. 불쑥불쑥 잠자가 떠오를 때마다 나는 잘 살고 있는지 나 자신을 챙긴다.

내가 얻은 결론은 이 세상에 가장 소중하게 다뤄야 하는 존재는 바로 '나'라는 사실이다. 나를 소중하게 여길 때, 이는 내 가족의 행복 그리고 공동체의 행복으로 이어진다. 솔직한 표현을 쓰자면, 『변신』을 읽고 나서 생각했다. 미친 듯이 일만 하며 살지 말자고.

◇ ◇ ◇

『싯다르타』, 깨달음은 가르칠 수 없다

나에게 '깨달음'이라는 측면에서 손에 꼽히는 책 중 하나는 바로 『싯다르타』다. 얇은 책임에도 불구하고 묵직한 인생의 지혜를 담고 있다. 그럼 책으로 들어가 보자. 이 책에는 주인공 싯다르타가 경험하는 3개의 여정이 그려진다.

첫 번째 여정은 부유한 바리문의 아들로 태어났으나 깨달음을 얻고자 사문의 길로 들어선 싯다르타를 그리고 있다. 그의 목표는 오로지 하나, 자기 자신을 비우는 것이다. 번뇌에서 벗어나는 것이다.

그는 3년 동안 누더기를 걸치고 사문 생활을 하다가 부처인 석가모니의 가르침을 듣고자 사문의 길을 끝낸다. 하지만 석가모니를 대면한 그는 새로운 깨달음을 얻는다. 이는 번뇌로부터의 해탈은 누구에게 배워서 되는 게 아니라 자기 스스로의 깨우침이 필요하다는 사실이다. 그리고 그는 부처를 떠난다.

두 번째 여정에서 싯다르타는 사색이 아닌 감각으로부터 배움과 깨우침을 얻을 수 있다고 생각한다. 감각의 배후에도 궁극적으로 참뜻이 있으니, 이 또한 들어보고 유희할 만한 가치가 있다고. 그는 기생 카말라와 한 부유한 상인을 만나 속세 속 감각의 휘둘림에 몸을 맡긴다.

처음에는 모든 게 신비로웠고 그 속에서 새로운 깨달음을 얻었지만, 서서히 그가 그토록 경멸하던 어린아이나 짐승과 같은 삶 속에 동화되어간다. 급기야 그는 자살 충동을 느끼기까지 한다. 문득 싯다르타는 오랫동안 자기 내면의 목소리를 들어보지 못했음을 깨닫고 자신이 가진 모든 것을 뒤로하고 홀로 유유히 속세를 떠난다.

세 번째 여정이다. 싯다르타가 과거 사문의 길을 떠나올 때 강을 건너게 해주던 뱃사공이 있었다. 속세를 떠나며 그는 다시 그 강과 뱃사공을 만난다. 싯다르타는 뱃사공이 되어 강과 늙은 뱃사공과 나머지 생을 함께한다.

강과 늙은 뱃사공, 그리고 자신 내면의 목소리를 통하여 그는 마침내 최고의 깨달음의 경지에 이른다. 모든 생명의 단일성! 그는 이제 운명과의 싸움을 멈추었다. 깨달음의 완성에 도달한 것이다.

소설의 후반, 세 번째 여정 중에 싯다르타는 카밀라가 낳은 그의 아들과 잠시 함께 지내게 된다. 그는 아들에게 자신이 평생을 바쳐서 얻게 된 깨달음을 전하려 하지만, 부유한 가정에서 응석받이로 자란 아들에게 이를 전수하는 데 실패한다.

인생의 아이러니함이라니. 상대방을 가르치려 들 수는 있지만, 상대방을 깨닫게 할 수는 없다. 혹은 자신은 깨달을 수 있지만, 상대방을 깨닫게 할 수는 없다. 싯다르타도 실패했는데 일반인인 우리는 오죽할까. 난 이 책에서 인생 한 문장을 건졌다. "깨달음이란 가르침을 통해 얻을 수 없다."

헤르만 헤세의 이 매력적인 책은 읽는 동안에도 참 좋았지만, 마지막 부분은 정말 인생의 '정수'라 할 만했다. 아이들과 아웅다웅 씨름하며 지내던 나에게 이 책은 구세주였다. 그리고 『싯다르타』는 내 인생 책 중 하나가 되었다. 이후로 나는 아이들과 누구에게도 깨달음을 강요하지 않으려고 노력한다.

◇ ◇ ◇

『밤으로의 긴 여로』, 가족에 대한 포용

이 책은 내가 처음으로 읽은 희곡 작품이다. 책을 펼치는 순간 당황했다. 희곡인지 몰랐기 때문이다. 소설이 익숙한 나에게 연극 대본 형식의 이 작품은 어색하고 낯설었다. '그냥 읽지 말까?' 고민도 살짝 했지만, 짧은 분량이니 읽어보자는 생각으로 꾸역꾸역 읽어나갔다.

독자인 나는 연극 무대를 바라보는 관객이 된다. 배우들의 과장된 동작과 시선 처리, 감정 묘사가 처음엔 나를 불편하게 했다. 그런데 점점 형식이 아니라 내용에 빠져든다. 연극을 볼 때 그러한 것처럼.

이 작품은 유진 오닐의 비극적인 가족사를 담고 있다. 그는 이 작품을 사후 25년 동안 공연하지 않기를 바랐단다. 그만큼 가족사를 공개하는 것은 유진 오닐에게 고통이었다. 하지만 이 책은 그에게 퓰리처상, 노벨 문학상, 그리고 미국 최고 극작가상을 안겨준다.

작품의 등장인물은 모두 4명이다. 이는 아빠인 제임스 티론, 엄마 메리, 형 제이미, 그리고 유진 오닐 자신을 이입해서 묘사한 에드먼드다. 이 책은 스토리가 아닌 인물들의 감정을 읽어야 한다. 아빠는 연극배우로 성공하지만 돈에 대한 집착을 버리지 못해 가정과 자신의 인생을 망치고, 엄마는 마약중독, 형 제이미는 술에 절어 방탕한 삶을 살고 있다.

이 책은 이틀에 걸친 가족들의 대화다. 서로에 대한 불신, 연민, 증오, 사랑, 죄책감, 안타까움, 신뢰, 이해 등 가족 간에 느끼는 수많은 감정이 다뤄진다. 그 감정의 이해가 이 책의 핵심이다.

톨스토이의 『안나 카레니나』를 떠올린다. "행복한 가정은 모두 모습이 비슷하고, 불행한 가정은 모두 제각각의 불행을 안고 있다."라는 첫 문장으로 시작하는 작품이다. 톨스토이가 써 내려간 안나의 불행은 지어낸 이야기지만 유진 오닐이 써 내려간 에드먼드 집안의 불행은 실제 이야기다. 불행한 가정은 모두 제각각의 불행을 안고 있다는데, 유진 오닐의 불행은 가족 그 자체였다.

유진 오닐은 이 책을 집필하며 가족에 대한 이해와 용서를 구한다. 작품을 통하여 고통스러운 가족사를 솔직하게 드러냄으로써 가족을 이해하고 용서할 수 있게 된 것이다.

책을 덮으며 나는 나의 어릴 적 가족을 떠올려 본다. 그들은 다들 어떤 마음으로 삶을 살았을까. 가족 한 명 한 명에 이입되어 그들을 조금이나마 이해하려고 노력한다. 이 책을 읽는 동안, 출퇴근 지하철 안에서 참 많은 생각을 했던 것 같다. 가끔은 눈시울이 붉어지기도 하며. 마음속 깊은 곳에 들어앉아 있던 응어리가 조금은 풀리는 걸 느꼈다.

나처럼 누군가 '불행한 가정은 제각각의 불행을 안고 있다'를 생각하며 이 책을 읽는다면 어느 심리학책보다 더 자신을 치유하는 힘을 얻을 수도 있을 것이다.

전혀 다른 타인의 삶을 경험해보자

"시간은 흐르고 나는 책을 읽기 전보다 성숙해졌다. 그 사실을 어느 날 문득 느꼈다."

소설을 읽으며 우리는 책 속에서 수많은 군상을 만난다. 책을 읽는 동안 나는 그중 누군가에 이입되어 그들의 삶을 살기도 한다. 현실에서는 결코 경험할 수 없는 인생이다. 주인공의 행동은 나의 행동이고 그가 느끼는 슬픔은 나의 슬픔이 된다. 그가 신열이 나고 괴로움에 울부짖을 때 내 가슴은 아리고 머리는 혼미해진다. 나는 책 속의 주인공이 되어 그들과 함께 삶을 살고 경험하며 기뻐하고 슬퍼한다. 우리는 소설을 통해 다양한 인생을 사는 멋진 경험을 할 수 있다.

◇ ◇ ◇

『김약국의 딸들』, "그래도 남은 사람은 남아서 삶을 살아가야지"

이 소설은 통영 명정동에 있는 충렬사 주변 지역을 배경으로 한다. 주인공은 본명 '김성수', '김약국'으로 불리는 사람이다. 김성수의 윗대인, 통영의 오랜 지주로 살아온 봉제와 봉룡, 두 형제 이야기로 소설은 시작된다.

봉제는 김약국을 운영하는 온화한 성품의 형이며 봉룡은 성미가 불같고 안하무인에 충동적인 사내로 김성수의 아비다. 첫 장부터 이야기의 전개가 빠르다. 죽고 죽이고, 속고 속이고, 시기하고, 질투하고…. 김성수의 윗대 이야기는 그야말로 스릴이 넘친다.

결국 세월이 흘러 김성수는 결혼을 하고 큰아버지 봉제의 김약국을 물려받아 부유한 삶을 살아간다. 비록 첫아이인 아들이 어린 나이에 돌림병으로 죽지만 슬하에 다섯 딸을 둔다.

이야기는 어느덧 김약국의 아내인 한실댁과 그들의 다섯 딸 이야기로 옮겨간다. 김성수는 약국을 접고 어장을 운영하지만 여전히 김약국으로 불린다. 그는 사랑방에서 두문불출한다. 반면에 한실댁은 아들을 낳지 못한 죄책감 때문인지 김약국과 소원한 상태로 묵묵히 집안을 꾸려간다.

한실댁의 딸 사랑은 극진하다. 하지만 그녀의 딸에 대한 기대는 순조롭게 이루어지지 않는다. 가세는 조금씩 기울고 엎친 데 덮친 격으로 딸들의 수난이 이어진다. 대갓집 맏며느리가 될 거라 믿었던 첫째 딸 용숙은 과부가 되고, 항아리같이 예뻐서 남편의 사랑을 독차지할 것 같았던 셋째 딸 용란은 정신병자가 되고, 심정이 곱고 살림꾼인 넷째 딸 용옥은 침몰하는 배에서 갓난아이와 함께 죽는다.

　가족 한 명 한 명의 이야기가 무척이나 슬프고 애절하다. 그들이 감
내해야 하는 삶의 무게가 너무도 무겁다. 책을 읽으며 느낀 답답함은
그 시대의 사람들이 삶의 굴레에서 벗어나지 못하고, 벗어날 방법도
없이 힘들게 살아가는 모습에 내가 자포자기하게 되기 때문이었을까?
헤어나고 싶으나 헤어날 수 없는 삶의 굴레다. 특히 여자들이 마주한
삶의 굴레. 용옥에게 추태를 부렸다가 용옥이 죽은 걸 알게 된 시아버
지가 안도하는 모습을 보고 경악했다. 왜 다들 이렇게 사는 거야….
슬프고 답답했다.

　그래도 남은 사람은 남아서 삶을 살아가야 한다. 영민하고 공부를
잘하는, 지금은 서울에서 선생을 하는 둘째 딸 영빈에게서 자신과 막
내는 꿋꿋이 이 삶을 살아보겠다는 의지를 읽는다.

　"아버지는 딸을 다섯 두셨어요. 큰딸은 과부, 그리고 영아 살해 혐
의로 경찰서까지 다녀왔어요. 저는 노처녀고요. 다음 동생이 발광했
어요. 집에서 키운 머슴을 사랑했죠. (중략) 다음 동생이 이번에 죽은
거예요. 오늘 아침에 그 편지를 받았습니다."

　통영에서 서울로 공부하러 온 나와 비슷한 인생 경로를 가진 영빈에
게, 나는 비록 시대적 배경은 다르지만, 묵묵히 삶에 대한 응원을 보

내며 책을 덮었다. 이 책이 아니었다면 경험할 수 없었을 그 슬픔이 정말 감사했다.

한동안 그 슬픔에서 헤어나질 못했다. 아니, 헤어나고 싶지 않았다. 그 감정에 몸을 맡기고 자연스럽게 시간이 흘러 감정이 가라앉길 바랐다. 시간은 흐르고 나는 책을 읽기 전보다 성숙해졌다. 그 사실을 어느 날 문득 느꼈다.

◇ ◇ ◇

『칼의 노래』, "나의 끝은 자연사다. 전쟁 중에 죽는 자연사"

김훈의 『칼의 노래』는 또 하나의 『난중일기』다. 선조의 교서가 수사로 넘쳐날 때 이순신의 『난중일기』는 절대 중언부언하지 않으며 『칼의 노래』도 그러하다. 둘 다 글쓰기의 정수다. 김훈의 문장에서는 좀처럼 미사여구를 찾아볼 수 없다.

이를 확인해보고 싶어서 이 책을 읽기 시작했고, 결국 문장과 내용 모두에 감탄했다. 문장 하나하나 내용이나 기교 면 어디로나 허투루 읽을 부분이 없었다.

소설은 임금의 명령에 불복종한 죄로 의금부에 투옥되어 모진 고문을 당한 뒤, 다시 백의종군하는 이순신의 모습부터 그려낸다. 정유년

(1597년) 7월 23일, 조정은 이순신을 다시 삼도수군통제사로 임명한다. 그가 노량 앞바다에서 전사하기까지 약 1년 4개월의 기간이 소설에 담겨 있다.

이 책을 즐기는 방법의 하나는 이순신 생각의 흐름을 따라가는 것이다. 작품에는 무수히 많은 이순신의 고뇌가 그려진다. 뒤에는 임금이, 앞에는 적이 있다. 살 수도 죽을 수도 없다. 방책을 찾아야 한다. 이순신은 새벽마다 잠을 설친다.

"나의 끝은 자연사다. 전쟁 중에 죽는 자연사." 감당하기 어려운 운명 앞에 그를 옥죄는 수많은 고민과 고통, 슬픔과 분노, 그리고 처절함이 이 문장에 고스란히 담겨 있다. 무엇보다 이순신 본인의 죽음을 짐작하는 그의 생각을 마주할 때마다 가슴이 아프다. 통곡하는 백성들의 모습을 무심한 어투로 그려낸 문장을 읽으며 이순신의 말 못 하는 슬픔도 느낀다. 나도 눈물을 훔친다.

"이순신의 죽음은 전투가 끝난 뒤에 알려졌다. 통곡이 바다를 덮었다. 이날 전쟁은 끝났다." 책을 덮으며, 마지막 문장에서 느껴지는 허무함에 크게 한숨을 쉬어본다. 무슨 말로 표현해야 할지 내 표현력의 한계를 책망한다.

국토는 폐허로 변했고 임금과 조정은 무능의 극치다. 그런 상황에서 이순신은 보잘것없는 수군 병력으로 꿋꿋이, 묵묵히, 한 건 한 건

전세를 역전시키며 나라를 지켜나간다. 그의 어깨가 얼마나 무거웠을까. 이루 표현할 길이 없다.

책을 읽는 내내 이순신의 감정과 고뇌를 함께 느꼈고 먹먹한 마음으로 책을 덮는다. 한동안 이순신의 감정에 이입된 상태가 해소되지 않아 애를 먹었다. 그만큼 충만한 경험이었다. 이런 경험은 책을 통해서만 가능하다.

◇ ◇ ◇

『가재가 노래하는 곳』, "카야는 자기가 외로움을 안다고 생각했다"

이 책은 무척 아름다운 소설이다. 경이롭지만 사무치게 외로운 소설이기도 하다. 나는 습지에 버려진 어린 카야의 성장 이야기를 읽으며 일부러 혼자의 공간으로 찾아들었다. 카야의 외로움을 온몸으로 느끼고 싶어서. 책을 읽는 내내 외로웠지만, 한편으론 황홀했고, 책을 덮고 나서는 충만했던 책이다.

이야기는 두 개의 시간에서 시작한다. 우선 1969년에 이 마을의 부잣집 외동아들인 체이스가 습지에서 시체로 발견된다. 그리고 소설은 사건 발생 17년 전인 1952년으로 돌아가 6살 난 카야의 가족을 소개한다.

카야네 가족은 미국의 노스캐롤라이나의 인적 없는 습지에 살고 있다. 여기는 보트로밖에 이동할 수 없는 지역이다. 카야의 아버지는 술주정뱅이에 폭력적인 사람이다. 엄마는 남편의 폭력을 감당하지 못해 집을 나가고, 이후로 두 언니와 큰오빠도 집을 떠난다. 작은오빠 조디는 마지막까지 남았지만 버티지 못하고 결국 카야만 집에 남겨두고 사라진다.

자유로운 영혼인 아빠마저 발길을 끊자 카야는 혼자가 된다. 마을에서 떨어진 외딴 습지 판잣집에 홀로 남아, 갈매기를 벗 삼고 조개를 주우며 해변에서 파도와 놀며 삶을 살아간다.

사회복지사가 카야를 찾아서 학교에 보내려고 했지만, 카야는 반나절 만에 학교를 뛰쳐나온다. 이후 카야는 철저하게 혼자서 마을 사람들을 멀리하며 습지 판잣집에서 살아간다. 그는 점핑네 가게에 조개와 훈제 생선을 팔면서 생계를 유지한다. 점핑과 메이블 부부는 유일하게 카야를 돌봐주는 분들이다. 카야는 이제 마을 사람들에게 '마시걸'로 불리는 의문의 야생 소녀다.

카야는 조디 오빠의 친구였던 테이트를 습지에서 우연히 조우하고 둘은 친해진다. 테이트는 카야에게 '글'을 가르쳐주고, 글을 알게 된 카야는 점점 자연에 대해 해박한 지식을 갖게 된다. 그리고 둘은 연인으로 발전한다. 카야의 나이 14살. 이들의 순수한 사랑을 읽으며 점점 스토리에 빠져든다. 외로운 카야에게 진실된 사랑이 다가오나 보다.

그런데 테이트는 대학 진학을 위해 마을을 떠난다. 돌아오겠다던 테이트를 기다리고 기다리다가 지친 카야는 결국 테이트의 배신에 좌절하고 '외로움'에 사무친다. 아… 책을 읽는 내내 마음이 쓰리다. 유일하게 '관계'를 유지한 친구이자 연인이었는데. 그녀는 사람이 너무도 그립다.

카야는 습지에 숨어서, 무리를 지어 다니던 또래 아이들을 한두 번 바라보다 마을 부잣집 도련님인 체이스를 눈으로 좇는다. 체이스도 카야에게 접근을 하고… 이들은 연인으로 발전한다. 하지만 체이스의 접근은 순수한 것이 아니었다. 그냥 마시걸에 대한 호기심이었을 뿐.

체이스는 결국 다른 여자와 결혼을 하고 카야는 배신감에 치를 떤다. 그리고 이즈음에 테이트가 다시 카야 앞에 나타난다. 그가 마을 근처 연구소에서 연구원으로 일하게 된 것이다. 카야를 향한 테이트의 진심 어린 마음은 독자를 애타게 만드는데…. 하지만 카야는 테이트를 피한다.

1952년에 시작된 6살 카야의 이야기는 어느덧 체이스가 죽던 1969년으로 수렴된다. 카야는 체이스를 죽인 범인으로 지목되어 재판을 받는다. 자유롭게 살고 싶었으나 인간 사회는 카야를 가만 놔두지 않는다. 카야는 평생 외로움에 사무쳐 괴로웠는데 감옥에서 더 큰 외로움을 경험한다.

다행히 소설의 마지막에 카야와 테이트는 부부의 연을 맺고, 평생 자연을 벗 삼아 평안한 삶을 살아간다. 눈가가 촉촉해진다. 카야가 드디어 평생 함께할 사람을 찾았다!

책을 읽는 내내 '외로움'에 관해 많은 생각을 했다. 카야를 보면서도 그녀의 자유가 부럽기보다, 고통스러울 정도로 외로운 그녀가 너무 안쓰러웠다. 한 명만 있어도 되는데, 누구라도 대화를 나눌 수 있는 한 명만 있으면 되는데, 그 한 명이 카야에게 없었다.

이 책을 읽던 중에 tvN 드라마 〈내 남편과 결혼해줘〉의 대사 하나가 내게 딱 들어왔다. "내 편이 하나만 있으면 되는 거였어." 맞다. 한 명만 있어도, 내 편 한 명만 있어도 외롭지는 않을 텐데. 그러면서 나는 생각했다. 평생 내 편인 남편에게 잘하자고.

5

이런 감정은 현실에서 경험할 수 없어

"그 감정에 몸을 푹 맡기고 온몸으로 느껴본다.
이런 책이 아니라면 다시는 경험해보질 못할 감정이기에."

우리가 현실 속에서 경험할 수 있는 감정은 한정적이다. 나는 더욱 풍요로운 감정생활을 하고 싶다. 유쾌함, 즐거움과 같은 좋은 감정뿐만 아니라 후회, 고통과 같은 부정적인 감정 또한 가치 있는 감정이다. 반복되는 일상 속에서 감정을 풍요롭게 할 수 있는 나만의 방법에 관해 궁리한다. 그리고 내가 찾은 방법은 책이다. 책은 내면의 깊은 곳에 웅크리고 있던 핵심 감정을 끄집어내어 마주할 수 있게 해주는 최고의 도구다.

◇ ◇ ◇

『스토너』, 생의 마지막에서 느끼는 먹먹함

'스토너'라는 인물의 일생을 그린 존 윌리엄스의 1965년 소설이다. 농부의 아들로 태어난 스토너는 농업을 공부하려고 대학에 입학했으나 문학 수업에 매료되어 영문학도의 길을 걷고 교수가 된다. 이야기의 시작은 평이했지만, 뒤로 갈수록 점점 그의 삶이 묵직하게 다가온다.

책을 읽으며 수많은 감정도 만난다. 답답함, 애잔함, 안타까움, 화남, 분노, 황홀함, 희열과 같은 감정으로, 주인공 스토너의 감정이기도 하고 독자인 나의 감정이기도 하다. 스토너의 삶은 내 주변 여느 사람의 평범한 삶 중 하나다.

어떤 면에서는 나의 삶과도 닮았다. 내 인생의 많은 결정 중 내가 선택하지 않았던 다른 길로 갔다면 나는 스토너와 비슷한 삶을 살았을지도 모른다. 책을 다 읽고 나서 발견한 문구가 내게 진지하게 와 닿았다. "사는 모습은 달라도, 우리는 누구나 스토너다."

젊은 시절 스토너의 모습에서 나의 젊은 시절을 떠올렸고, 점점 주름이 잡히고 어깨가 구부정해지는 사십 대 중반의 모습을 보며 현재의 나를 떠올린다. 스토너는 여타 삶의 낙은 포기하고 학생을 가르치는 것에만 삶의 의미를 부여하고 살아간다. 나는 어떤 즐거움으로 현재의 삶을 살아가나 생각하게 한다. 생의 마지막 부분, 정신이 맑지 않은 상태에서 스토너는 자신에게 계속해서 묻는다. "넌 무엇을 기대했나?"

가슴이 먹먹해온다. 삶의 마지막에 많은 이가 자신에게 이런 질문을 던질 것 같다. 나는 과연 이 질문에 어떤 답을 할 수 있을까. 삶의 마지막에 던질 수 있는 질문…. "넌 너의 삶에서 무엇을 기대했나?"

아니, 죽기 직전이 아니라 지금, 이 순간 나에게 질문을 던져본다. "넌 지금 너의 삶에서 무엇을 기대하나?"

사람마다 경험이 다르고 가치관과 신념이 다르기에, 스토너라는 인물의 삶에 대하여 각자 다르게 평가할 것이다. 가정에 소극적인 모습에서 누구는 그를 비난할 것이고, 학자적인 신념에 대해 박수를 보낼 것이고, 현실적이지 못한 그의 행동에 답답해할 것이다. 1차 세계대전에는 무관심하고 오로지 대학이라는 공간에만 머무르는 그를 비겁하게 볼 수도 있고, 캐서린과의 불륜 관계를 보며 그를 이기적인 사람혹은 무책임한 사람이라고 생각할지도 모른다. 아니면, 진정한 로맨티스트라고 볼지도 모르겠다.

난 그 어떤 것보다도 그를 재미없는 사람으로 평가한다. 퇴직을 권하는 친구에게 스토너가 답하는 부분은 나를 뜨끔하게 했다. "시간이 생겨도 난 어떻게 써야 할지 모를 걸세. 그런 걸 배운 적이 없으니까." 젊은 시절에 나도 스토너와 비슷한 생각을 했던 거 같다. 시간이 많아도 노는 방법을 몰랐다.

하지만 이제는 죽을 때 후회하지 않기 위해 열심히 놀기로 한다. 적극적으로 나만을 위한 시간을 만들고 그 시간을 재미와 의미로 채우고자 부단히 노력한다. 죽음을 앞두고 스토너가 자신에게 물었던 그런 질문은 하고 싶지 않기 때문이다. "이만하면 잘 놀다 간다."라며 흐뭇하게 웃으며 삶을 마감하고 싶으니까.

◇ ◇ ◇

『죄와 벌』, 인간 보편의 모순된 감정

『죄와 벌』은 러시아의 대작가 도스토옙스키의 작품이다. 주인공인 대학생 라스콜니코프는 늙은 고리대금업자인 노파를 죽이고 이를 정의로운 행동이라며 자신을 설득한다. 하지만 그는 죄의식을 이겨내지 못하고 내내 고통스러워한다. 이 책은 많은 지면을 주인공이 겪는 모순된 감정들 그리고 그로 인해 고통스러워하는 그의 몸부림에 할애한다.

그는 자신이 보기에 무익하고 증오스러우며 한낱 혐오스러운 '이'에 불가한 노파를 살해했다. 그의 이론에 따르면 자신은 '비범한 사람'이기에 그러한 살해 행동이 죄가 되지 않지만, 그의 무의식은 계속 그를 힘들게 한다. 소설의 후반부까지 주인공은 자신의 잘못을 인정하지 않으면서 죄의 중압감을 견뎌내지 못한 자신의 무능력만을 경멸한다.

책 읽기를 잠시 쉴 때마다 책 속의 많은 등장인물과 그들의 사상에 관한 생각이 꼬리에 꼬리를 문다. 이들은 모두 주인공을 불안에 떨게 만들어 자신의 내면을 드러내 보이도록 하는 보조 장치로 동작한다. 등장인물들의 모순된 감정과 행동 혹은 인간 보편의 선과 악에 관한 생각을 하며 책을 읽었다. 사람을 죽이고도 합리화하려는 라스콜니코프, 가족을 위해 희생하며 매춘부가 된 어린 소녀 소냐. 그리고 마지막에는 소냐의 헌신으로 라스콜니코프는 구원에 도달한다.

이 책은 죄와 벌에 관한 심리학적 실험을 다룬 소설이다. 죄와 인간의 본성, 선과 악, 사회적 환경과 범죄의 상관관계와 같은 아주 본질적인 영역을 다룬다. 나는 책을 완독한 후, 잠시 숨 고르기를 해야 했다. 주인공이 이해되다가도 이렇게까지 할 일인가 싶었고, 여하튼 무척 난해하고 심오한 소설이었기 때문이다. 그래도 누구나 한 번 가져봤을 만한 인간의 모순된 감정을 마주할 수 있었던 소중한 경험이었다.

위대한 고전 속에서 우리는 인간의 보편적이고 다양한 감정을 마주할 수 있다. 그리고 그 감정을 헤쳐나가는 방식을 보거나 스스로 생각해봄으로써 나만의 지혜를 갖추게 된다.

◇ ◇ ◇

『빌러비드』, 흑인 노예로 살아가는 엄마의 비애

1993년 노벨 문학상을 받았던 토니 모리슨의 책으로 무척 몽환적인 소설이다. 책 속 등장인물인 빌러비드는 현실로는 설명할 수 없는 존재다. 소설이라는 장치를 이용한 작가의 상상력이 무척 기발하다. 작가는 이러한 장치와 구성을 통해 무엇을 전달하고자 했을까. 책으로 들어가 보자.

주인공은 여자아이 '덴버'를 키우는 '세서'라는 흑인 중년 여성이다. 그들은 유령이 활개 치는 집, 신시내티 블루스톤 로드 124번지에 살고 있다. 어느 날, 세서의 과거 친구인 폴디 그리고 자신을 빌러비드(Beloved)라고 소개하는 의문의 아가씨가 그들의 삶에 들어온다. 서서히 밝혀지는 세서의 비밀, 아니 그 고장에서 18년 전에 벌어진, 이제는 누구의 입에도 오르내리지 않는 그 비밀이 독자에게 드러난다.

세서가 과거를 회상하는 장면, 나는 활자를 통해 맞닥뜨린 이 장면이 처음에는 무엇을 의미하는지 이해하지 못했다. 아니, 왜? 이게 무슨 장면이지? 잠시 그동안 이해할 수 없었던 등장인물들의 행동을 떠올리며 내 머릿속은 빠르게 움직인다. 후반으로 가면서 서서히 상황이 이해되기 시작했다. 빌러비드는 세서가 흑인 노예의 신분이었을 때 자신의 손으로 죽인 본인의 아이였던 것이다.

가슴이 먹먹해온다. 간적접으로 경험해보지도 못했고 상상해본 적도 없는 상황이다. 노예제도하에서 살아온 흑인 여성의 삶, 그리고 자식들이 자기들처럼 흑인 노예로 살아가는 모습을 지켜봐야 하는 노예 부모들의 마음을 어찌 상상할 수 있을까.

이 책은 실제 있었던 사건을 소재로 한다. 1856년 1월, 마거릿 가나라는 한 흑인 여성 노예에 관한 이야기다. 임신한 몸으로 네 명의 자식을 거느리고 도망쳤지만, 노예 추적자에 의해 다시 잡힌 마거릿 가

너는 자신의 자식들이 자기처럼 노예의 삶을 살게 하느니 차라리 죽는 게 낫다고 생각한다.

자신의 손으로 두 살배기 딸을 죽인 그녀는 재판에 넘겨진다. 이 재판은 또 하나의 이슈를 만드는데, 자신의 아이 혹은 물건으로 취급받는 노예를 죽인 마거릿 가너의 죄를 살인죄로 볼 것인가 아니면 재물 손괴죄로 볼 것인가 하는 논란이 생긴 것이다. 화가 나고 어이가 없지만 과거의 현실이었다. 먹먹하다.

노벨 문학상 수상자인 토니 모리슨의 소설이 궁금해서 읽게 된 책인데 미국의 역사, 흑인 노예의 역사를 조금이나마 이해할 수 있게 되었다. 이 책을 읽으며 한 인간으로서, 엄마로서 느끼는 보편적인 슬픔을 경험할 수 있었다. 책을 덮은 뒤로도 한동안 여러 감정에서 벗어나기 힘들었다. 아니, 그 감정에 몸을 푹 맡기고 온몸으로 느껴본다. 이런 책이 아니라면 다시는 경험해보질 못할 감정이기에.

6

왜 자꾸만 책을 읽으라는 거예요?

"배우지 않고 경험하지 않는 사람은 자신이 무지하다는 사실을 깨닫지 못한다."

책 읽기의 매력에 빠진 이후 나는 주변에 책을 읽으라고 종종 권한다. 상대방의 반응은 두 가지다. 평소에 책을 좋아하는 사람은 나의 말에 공감하고, 우린 함께 책 수다를 이어간다. 반면 책을 읽지 않는 사람의 반응은 싸늘하다. 살짝 재수 없다는 표정을 보이기도 한다. 이런 다양한 반응을 보며, 그럼 난 왜 책을 읽는가 곰곰이 생각해본다. 내가 책을 읽는 여러 가지 이유가 있겠지만, 내가 얻은 결론은 '즐거움'과 '성장'이다. 어느 활동보다 독서가 주는 즐거움과 이로 인한 이득이 크기 때문에 나는 책을 읽는다.

◇ ◇ ◇

순수한 기쁨의 시간을 즐기다

책을 읽는 시간은 기쁨의 시간이다. 한마디로 책을 읽을 때 즐겁다.

나는 이것이 독서를 왜 해야 하는가에 대한 가장 궁극적인 답이라고 생각한다.

활자를 읽으며 저자의 생각을 좇다 보면, 내 머릿속 회로들은 번쩍번쩍 전기를 튀기며 무수히 많은 생각의 가지들을 활성화하고, 이에 질세라 나는 지적 쾌감과 희열을 느낀다. 가끔 나 자신에 관한 생각으로 빠져들기도 하고 다양하고 재미난 주제들로 생각이 질주하기도 한다. 난 속으로 즐거운 비명을 지른다. 이것이 내가 독서를 통해 얻는 즐거움이다. 이러한 즐거움이 없는 일상을 이제는 상상할 수가 없다.

미하이 칙센트미하이는 몰입이란 '사람이 어떤 활동을 수행하는 과정에서 강한 집중력과 완전하게 몰두하며 즐기는 느낌에 완벽하게 빠져든 정신적 상태'라고 말한다. 간단히 말해서 우리는 몰입의 상태에서 완전한 즐거움을 느낀다.

우리가 몰입을 경험할 수 있는 활동은 많다. 일이 될 수도 있고 취미 생활일 수도 있다. 나는 어느 것보다 책 읽기가 몰입으로 이르는 가장 손쉬운 방법이고 다양한 몰입을 경험할 수 있는 매우 편한 방법이라 생각한다. 책을 읽지 않는 사람들만 책 읽기를 따분한 것으로 본다.

내가 소파에 누워 소설책을 보고 있을 때 사람들은 내가 지금 겪는 일에 대해 전혀 눈치를 못 챌 수 있다. 엄마는 나에게 "뒹굴뒹굴하지 말고 일어나서 뭐라도 해."라며 한심스러워할지도 모른다. 하지만 나는 세상 누구보다 진지하고 격렬한 감정을 느끼는 중이다. 손에 땀을 쥐고 일생일대에 있을까 말까 한 뭔가를 경험하면서 말이다. 책을 통해 경험할 수 있는 이런 몰입의 순간은 아는 사람만 아는 즐거움이다.

◇ ◇ ◇
점점 나를 사랑하게 되다

우리가 책을 읽는 이유는 읽는 사람의 수만큼이나 많다. 『다시, 책으로』에서 저자 메리언 울프는 '왜 읽는가?'라고 우리 스스로에게 질문을 던지라 한다. 저자의 경우는 이 세상을 사랑할 새로운 이유를 발견하기 위해 읽는다고 한다.

그럼 나는 왜 읽을까. 나는 나를 사랑하려고 읽는다. 아니, 책을 읽다 보니 나를 사랑하게 되었다. 책을 깊게 읽다 보니 나를 사랑할 많은 이유를 발견하게 되었다. 그다음이 세상을 향한 사랑이다. 과거, 나 자신 그리고 주변 사람들에게 평가의 잣대를 들이밀고 그들을 온전히 사랑하지 못했던 내가 이제 점점 나를 사랑하고 주변 사람을 따뜻함의 눈길로 바라보고 그들을 사랑하게 되었다.

또한 내가 점점 좋은 사람이 되어가는 걸 느낀다. 매사 즐겁고 행복한 사람이 되어간다. 책에 대한 열정은 가지를 뻗고, 그동안 억눌러왔던 많은 것에 도전할 용기가 생기고, 내 삶은 바쁘지만 열정 가득한 모습으로 변해간다. 이제는 책을 펼치기 전에 설렌다. 어떤 즐거움이 담겨 있을지. 그리고 이들이 내 생각과 행동에 어떤 변화와 재미를 선사해줄지 잔뜩 기대에 부푼다.

◇ ◇ ◇

스스로에 대한 무지를 깨닫다

소설가 김영하는 독서를 '우리 내면에 자라나는 오만과의 투쟁'이라고 말한다. 그는 호메로스의 『오디세이아』와 소포클레스의 『오이디푸스 왕』을 읽으며 '모르면서도 알고 있다고 믿는 오만'과 '우리가 고대로부터 매우 발전했다고 믿는 자만'을 발견하게 되었다고 한다.

『책 잘 읽는 방법』에서 작가 김봉진은 책을 읽는 것은 생각의 근육을 키우고, 내가 가지고 있는 편견과 고정관념을 깨고, 그동안 보지 못했던 것을 보기 위함이라고 한다. 한마디로 사고력의 증진이다. 배우지 않고 경험하지 않는 사람은 자신이 무지하다는 사실을 깨닫지 못하는 것과 일맥상통한다.

니체는 한술 더 뜬다. "자신의 앎과 반대로 말하는 자만이 거짓말을 하는 것이 아니라, 바로 자신의 무지를 무시하고 말하는 자도 거짓말을 하는 것이다." 이런 무지는 자기 자신은 물론 상대방까지 기만하는 태도라고 말한다. 책을 통해서 자신의 부족한 부분을 알고 채우고 깨달아가는 태도가 필요한 것이다.

만약 인생을 사는 데 더는 배울 게 없다고 말하는 사람이라면 대철학자 소크라테스의 이야기에 진지하게 귀를 기울여보자. "내가 아는단 하나는 나 자신이 무지하다는 사실, 그것뿐이다."

한 권의 책을 통해서 나의 사고 체계가 통째로 뒤흔들리는 경험을여러 번 했다. 그런 경험은 일주일, 한 달, 1년, 아니 평생 내 머릿속에서 강하게 나의 사고와 행동을 지배한다.

그런 대표적인 책으로 조지 오웰의 『1984』가 있다. 다음은 외부 당원이면서 신어사전 편찬위원으로 근무하는 인물인 사임이 주인공인윈스턴 스미스와 나누는 대화다. "신어를 만든 목적이 사고의 폭을 좁히는 데 있네. 우리는 사상죄를 범하는 것도 철저히 불가능하게 만들걸세. 사상에 관련된 말 자체를 없애버리면 되니까 간단하네. 언어가완성될 때 혁명도 완수될 것이네."

이 문장을 읽었을 때, 나는 번개 맞은 듯 그 자리에 못이 박혀버렸다. 소름이 돋았다. 철저한 좌뇌 성향인 나는 '언어'를 별로 중요하게생각하지 않았고 표현의 다양성이니 언어유희니 혹은 논증 같은 것에는 별로 관심이 없었다. 그랬던 내가 『1984』를 읽고는 그런 나의 태도가 잘못되었음을 깨닫게 된 것이다. 나는 지금껏 스스로 사고의 폭을 좁히는 삶을 살고 있었다. 거만했고 어리석었다. 이후로 나는 '언어'에 대한 다양한 배움을 좋아하게 된다.

한나 아렌트의 『예루살렘의 아이히만』은 인간의 본성과 악함에 관하여 큰 깨달음을 주는 책이다. 책을 읽지 않더라도 누구나가 알고 있고 항상 마음속에 지녀야 하는 깨달음이다. 아이히만은 2차 세계대전 유대인 대학살의 전범이며, 이 책은 한나 아렌트가 아이히만에 대한 예루살렘에서의 재판을 지켜보며 대중을 위해 쓰인 여러 개의 사설을 묶어서 만들었다. 출간 이후 '악의 보편성'에 대한 다양한 논쟁을 불러 일으킨 책이기도 하다.

아렌트는 아이히만에게서 서로 긴밀히 연결된 세 가지의 무능을 발견한다. 그것은 말하기의 무능, 생각의 무능, 그리고 타인의 입장에서 생각하기의 무능이다. 특히 세 번째 무능은 곧 판단의 무능을 의미한다. 즉 그녀는 아이히만이 옳고 그름을 가리는 능력이 없다고 본 것이다.

충격적인 것은 실제로 아이히만은 암호화된 언어를 사용함으로써 자신이 무슨 짓을 저지르는지 판단하지 못한다는 사실이다. 아이히만은 나치 정권의 장교로서, 그의 진두지휘 아래 유대인 문제 해결이 3단계로 이루어졌다. 첫 번째 해결책은 추방이었고, 추방이 문제를 해결하지 못하자 두 번째 해결책인 이주가 시도되었다. 하지만 이주도 여의치 않자 최종 해결책이 시행된다.

아이히만에게는 그저 '최종 해결책'이었지만 이는 '학살'이었다. 하지만 '학살'이라는 단어는 사용되지 않았다. 그랬기에 그는 재판에서도 끊임없이 자신의 무죄를 주장한다. 섬뜩하지 않을 수 없다. 언어를 통제함으로써 인간의 사고 능력을 말살한 것이다.

이 책은 나에게 두 가지 중요한 진리를 상기시켜주었고 이는 내 삶의 가치관으로 자리 잡았다. 첫째는 올바른 판단과 정확한 사고를 하려면 더욱 정교하고 세밀한 언어 사용이 필요하다는 사실이다. '말하기→생각→판단'을 가능하게 하는 수단이 바로 언어이기 때문이다. 두 번째는 우리의 행동은 '타인의 입장에서 생각하기'가 전제되어야 한다는 사실이다.

아렌트는 아이히만이 저지른 흉악한 악행이 고의이거나 사전에 고안되지 않았다는 사실, 즉 범죄의 의도를 미리 갖고 있거나 고려한 게 아니라는 사실을 지적했다. 이것이 바로 '악의 평범성'이다. 무지 혹은 생각 없음이 악이 될 수 있다는 사실을 깨닫는 순간, 나의 입에서는 "아….."라는 탄식이 새어나왔다. 고의는 없지만, 나의 행동이 상대방에게 '악'이 되지 않는지 늘 점검하고 또 점검해야 한다.

◇ ◇ ◇

인생에 대한 해답을 구하다

우리는 인생을 다시 살 수 없다. 누구나 난생처음 겪는 삶이다. 그래서 좌충우돌한다. 실수를 반복하고, 가지 말아야 할 길을 가고, 하지 말아야 할 선택을 한다. 어떤 길과 선택이 옳은지 알 수도 없다. 하지만 이미 살아본 많은 사람으로부터 조언을 얻을 수는 있다. 우리를 동요시키고 어지럽히고 현혹하는 문제들은 일찍이 그들에게도 일어났던 것들이기 때문이다. 특히 현인으로부터는 더욱 근사한 해답을 얻을 수 있다. 그래서 우리는 고전을 읽고 위인들의 작품과 평전을 읽는다.

또한 '죽음'을 연구하거나 가까이 있는 사람들이 들려주는 인생의 지혜도 진실하게 다가온다. 나는 인생을 살아본 선배 혹은 죽음을 연구하는 정신 심리학자나 의사들의 이야기에서 값진 지혜를 얻곤 한다. 김형석 교수님의 『백년을 살아보니』, 엘리자베스 퀴블러 로스, 데이비드 케슬러의 『인생 수업』, 의사 김범석의 『어떤 죽음이 삶에게 말했다』와 같은 책들이 그러하다.

이들은 나에게 삶을 어떻게 살아야 할지를 알려준다. 그래서 나는 '죽음'을 이야기하는 책들을 좋아한다. 그런 책들은 나에겐 '삶'에 관한 이야기로 읽힌다.

◇ ◇ ◇
나를 알아가고 변화시키는 즐거움을 누리다

책을 읽기 전에는 내가 어떤 사람인지 잘 몰랐다. 뭘 좋아하는지, 어떤 가치관과 태도로 삶을 사는지, 어떤 이야기에 흥분하고 빠져드는지 잘 몰랐다. 명확하지 않았고 늘 안개에 가려진 느낌이었다.

책을 한 권, 두 권 읽다 보니 뿌연 것들이 하나, 둘 걷히기 시작했다. 책 속에서 만나는 수많은 깨달음들 중 유독 나를 끌어당기는 것들이 있다. 책 속 등장인물 중 계속 마음이 가는 유형의 사람이 있고, 많은 이야기 중 나를 흥분시키는 몇몇 포인트가 있다. 시나브로 책을 읽으며 알게 되었다. "아, 나는 이런 사람이구나." 책을 읽는 즐거움은 나를 알아가는 즐거움이다. 나를 알아가는 즐거움이 무척 크다.

예를 들어, 나는 '사랑'이라는 단어에 약하다. 로맨틱한 사랑보다 인류 보편적인 인간애에 관한 이야기는 늘 나를 충만하게 한다. 『코스모스』는 칼 세이건이 인류를 사랑하는 마음으로 썼기에 책을 읽는 내내 나는 흥분했고, 에리히 프롬은 대놓고 '사랑'에 대해 논하니 『사랑의 기술』은 푹 빠져서 읽었다. 이어령의 『이어령의 마지막 수업』이나 스코트 니어링의 『조화로운 삶』, 김형석 교수님의 『백세일기』에서도 '사랑'에 대해 이야기하는 부분에서는 늘 내 눈이 초롱초롱해졌다.

나를 알아간다는 것은 다른 의미로 나를 만들어가는 것, 변화시키는 것이다. 관심이 가는 대상, 즐거움을 누리고 싶은 대상들이 하나, 둘 생겨난다. '내가 이런 걸 좋아하는 사람이었구나.' 깨닫고 새로운 도전을 하기도 한다. 그리고 나는 이전의 나와 다른 새로운 내가 된다. 나를 변화시키는 재미가 쏠쏠하다.

그러다 보니 '정체성'에 관한 이야기도 좋아한다. 정체성의 끝판왕은 니체다. 어느 날, 나는 니체의 『차라투스트라는 이렇게 말했다』를 읽고는 충만한 감정에 북받쳐 내 생각을 다음과 같이 정리하기도 했다.

"하나의 관점에 얽매이지 말고, 다양한 관점으로 세상을 이해하며 나만의 건강한 가치를 만들어가자! '다시 한번!'이라 외치며 새로운 가치를 긍정적으로 받아들이는 용기를 갖자. 나의 주체성은 계속해서 변화할 것이며 이 과정이 곧 영원회귀의 과정이다. 차이를 만들어내는 것은 실천의 반복이다. 이전의 나를 극복하는 영원회귀의 과정을 통해 나는 내 삶을 주체적으로 살아갈 수 있을 것이다. 굳건한 땅 위에 발을 딛고, 우상을 멀리하고 내 삶은 내가 창조하는 것. 이것이 이번 생을 살아가는 데 필요한 최상의 태도다!"

예전엔 막연하게 '변했다'는 말을 싫어했었지만, 이제는 '변화'를 긍정하게 되었다. 나는 늘 새로운 정체성을 찾는다.

책을 읽기로 다짐했습니다

서른 후반의 어느 날, 지금까지 한 번도 제대로 된 독서를 해본 적이 없다는 생각이 문득 들었습니다. 이십 대, 삼십 대 초반만 해도 제업무에서 어느 정도 인정받고 있다는 알량한 자부심으로 새로운 것을 받아들이거나 익히기를 거부했던 것 같아요. 급기야 삼십 대 중반에는 책을 읽어도 글자가 눈에 들어오지 않더라고요. 난독증이 아닌가 걱정되었습니다. 이러면 안 되겠다 싶었어요.

우선은 있는 그대로의 나를 객관적으로 바라보며 곰곰이 저 자신에 대해 평가해봅니다. 그런데 아무리 생각해봐도 내릴 수 있는 결론은 하나였어요. '나는 아는 것이 없다.'라는 사실입니다. 자존심이 상하고 부끄럽지만 인정하는 수밖에요. 그래서 책을 읽기로 다짐했습니다. 이후 한 권, 두 권 책을 읽기 시작했고 어느덧 독서를 시작한 지 10년이 흘렀네요.

책을 읽고 나서야 조금씩 괜찮은 사람이 되어가는 것 같습니다. 생각은 단단해지고 제가 추구해야 할 가치관도 명확해졌습니다. 아는 게 점점 많아지면서 세상을 살아가는 두려움도 줄기 시작했고요. 아이를 키우며 맞닥뜨리게 되는 어려움 앞에선 제일 먼저 책을 찾아 읽고 도움을 받습니다. 평소에 책에 대한 안목을 키운 덕분이기도 합니다.

마흔이라는 나이는 나만의 시간이 생기기 시작하는 시기입니다. 이처럼 독서를 시작하기 좋은 시기가 또 있을까요? 그동안 책과 친하지 않았다면 저처럼 책을 한번 읽어보는 건 어떨까요? 그동안 우리가 살아오며 겪은 많은 인생 경험들이 독서를 통해 무르익으며 책 속 깨달음은 더욱 크게 와 닿을 것입니다.

이러한 풍요로움을 만끽해보시길 바랍니다. 책을 통해 얻을 수 있는 즐거움은 말로 다 표현할 수 없습니다. 제시카 언니처럼 책에 한번 푹 빠져보시길 바랍니다.

책 읽기에 좋은 습관들

1. 병렬 독서하기

   여러 권을 동시에 읽어라. 서재에서 있는 책, 외출할 때 가지고 다니는 책으로 구분할 수도 있다. 어려운 책을 읽을 땐, 술술 익히는 책도 중간에 함께 읽어주면 진도 나가기가 수월하다.

2. 편식하지 말고 다양한 분야의 책 읽기

   책은 장르마다 얻을 수 있는 지혜와 감동이 모두 다르다. 다양한 분야의 책을 읽길 권한다.

3. 주제 읽기

   한 주제를 정해서 해당 주제의 책들을 여러 권 몰아서 읽는 것도 좋다.

4. 하루에 읽을 분량 정해서 읽기

   실천이 어렵다면 매일 50페이지씩 혹은 100페이지씩 읽기를 목표로 해보자. 이는 꾸준함을 유지할 수 있는 좋은 방법이다.

5. 늘 책을 옆에 두기

눈에 보이는 곳에 책을 쌓아두고 여유가 생길 때마다 책을 펼쳐보자. 의외로 책을 읽을 수 있는 자투리 시간이 많을 것이다.

6. 가끔은 수준 높은 책, 어려운 책 읽기

방해받지 않고 몰입할 수 있는 시간에는 어려운 책, 높은 독서력이 필요한 책을 읽어보자. 이런 책들을 완독했을 때의 성취감과 쾌감은 무척 크다. 문해력도 쑥쑥 올라간다.

7. 전작주의 독서

한 작가의 책을 몰아서 읽어보자. 내가 존경하는 작가의 생각과 가치관을 온전히 이해할 수 있고, 그의 통찰을 깊이 있게 배울 수 있는 꽤 괜찮은 독서법이다.

8. 청소년 도서 활용하기

어려운 개념의 책은 청소년 책을 통해 핵심을 이해하는 것도 좋다. 예를 들어, 『이기적 유전자』가 읽기 힘들다면 청소년 도서인 『리처드 도킨스의 생각을 읽자』를 읽는 것이다.

9. 가벼운 책으로 도피하기

어려운 책을 읽느라 머리에 쥐가 날 때 혹은 현실의 삶이 너무 괴로울 때 가끔 가벼운 소설로 도피해보는 것을 추천한다.

10. 좋은 문장 발췌하기

책 속에서 좋은 문구 세 개만 건져도 성공한 책 읽기다. 나에게 의미 있는 문장을 발췌해서 기록해두자. 문장은 쌓이고 이는 두고두고 평생 나의 보물이 될 것이다.

11. 생각과 느낀 점 기록하기

발췌한 문장과 함께, 내 생각과 느낀 점을 함께 기록해보자. 본문에서도 말했지만, 이 활동은 다양한 장점이 있다. 무엇보다 생각이 깊어지고 삶은 단단해질 것이다.

2장

마흔이 지켜야 할 건강

몸과 마음을 챙기고 조화롭게 살아요, 제시카!

청년기를 보내고 결혼과 육아로 이어지는 기간 동안 몸과 마음을 제대로
챙기지 못했습니다. 마흔이 되어서야 비로소 '건강'이 최고의 '자산' 중 하
나라는 사실을 깨달았죠. 늦었지만 제대로 운동을 시작했고 근육을 챙기
며 건강한 삶을 살게 되었습니다. '건강'이란 몸과 마음의 상태를 모두 포
함하기에, 잘 쉬며 마음도 챙깁니다. 균형 있는 생활, 조화로운 삶이 건강
한 삶이라는 믿음도 늘 함께합니다. 건강한 중년의 모습으로 더도 말고
덜도 말고 딱 100세까지 살고 싶습니다.

마흔, 더 늦기 전에 운동을 시작하자

"이제는 운동이란 걸 시작해볼 때가 된 것 같다."

공부, 직장 생활 그리고 연이어 찾아온 출산과 육아는 서서히 내 몸을 망가뜨렸다. 게다가 구부정한 어깨와 거북목, 두꺼워진 허리와 늘어진 뱃살 등 거울 속에 비친 내 몸을 보면 한숨이 절로 나왔다. 이런 모습으로 늙고 싶지 않았다. 할머니 소리 듣기 전에 건강한 몸, 탄탄한 배, 날씬한 허리 한 번 가져보고 싶었다. 그래서 그랬다. 평생 처음으로 진지하게 운동을 시작했다. 마침내 운동이 내 삶에 들어왔고 남일인 줄 알았던 건강한 삶이 이제 나의 모습이 되었다.

◇ ◇ ◇

만신창이 몸을 이제는 챙겨야 할 시간

첫째를 낳고 아이의 돌 즈음에 허리를 삐끗했다. 아이를 업고 재우는 중이었는데 갑자기 허리에 엄청난 통증을 느꼈다. 막 잠이 든 아이를 깨울까 봐 아픈 걸 참아가며 조심스럽게 아이를 침대에 눕혔고, 난 그자리에 그대로 쓰러지고 말았다.

병원에 갔더니 디스크 직전 단계라고 했다. 오랫동안 디스크 전문 한방병원에 다니며 치료를 했지만, 그 후에도 나에겐 항상 허리가 문제였다. 머리를 감거나 세수를 하려고 몸을 숙이면 허리가 너무 아팠고, 다시 꼿꼿이 세우려면 난간을 잡고 조금씩 허리를 펴야 했다.

3년 뒤 둘째가 태어났다. 둘째가 두 돌 무렵, 우리 가족은 에버랜드에 놀러 갔다. 남편은 첫째를 데리고 놀이기구를 타러 가고, 나는 유모차에 탄 둘째를 맡았다. 혼자서 아이를 돌보던 중 유모차에서 아들을 들어올리는데 그 순간 엄청난 찌릿함이 내 척추를 타고 지나갔다. 몸을 움직일 수가 없었다. 발을 뗄 수도 없었다. 나는 그 자리에 못 박힌 채 서서 울며, 진짜 울면서 놀이기구를 타러 간 남편에게 전화를 했다.

다시 한방병원에 다녔다. 그러면서 내 허리는 자연스럽게 대대적인 문제 해결이 필요한 부위로 전락했다. 막내인 둘째가 초등학생이 된 뒤에도 나는 여전히 머리를 감고 난 뒤 몸을 바로 세우는 데 애를 먹었다.

그 후 어느 날 왼쪽 팔에 저림이 느껴졌다. 이건 그냥 지나치면 안 될 것 같다. 정형외과에 갔더니 원인을 꼭 집어 말해줄 수 없단다. 의

사 선생님께서 도수 치료를 권했고, 나는 그렇게 도수 치료를 20회 받았다. 이는 내 몸에 좋은 계기가 되었다. 나는 내 몸의 문제를 직시하게 되었고, 고질적이었던 허리 통증도 완화되었다.

이제는 운동이란 걸 시작해볼 때가 된 것 같다. 내 인생에 운동은 그렇게 시작되었다.

◇ ◇ ◇

'운동 중독'된 자를 향한 부러움

같은 아파트에 대학 선배 언니가 산다. 운동을 시작해야겠다는 생각으로 여기저기 기웃거릴 때마다 그 선배 언니와 마주쳤다. '필라테스'라는 운동을 해보려고 동네 상가에 있는 필라테스 수업에 등록했는데 그곳에서 그 선배를 처음 만났다. 언니는 필라테스 열혈 회원이었다.

나는 평생 처음으로 비싼 돈을 주고 1:1 필라테스 수업에 등록했지만 나와 맞지 않는 운동임을 깨닫고 겨우겨우 횟수를 채우고 그만두었다. 비록 도수 치료로 허리가 좋아지긴 했지만, 필라테스 동작은 내허리에 무리를 주었다. 나는 전통적인 필라테스 동작을 잘 소화해내지 못했다.

그 후엔 아파트 단지 내 피트니스센터에 등록했다. 아침에 1시간가량 트레드밀에서 걷기, 진짜 걷기만 하고 왔다. 거기서 또 그 선배 언니를 본다. 언니는 상가 내 필라테스를 그만두고 단지 내 피트니스센터에서 매일 아침 1시간씩 운동한다고 했다.

내가 트레드밀에서 TV를 보며 걷기만 할 때, 언니는 거울 앞에서 땀을 뻘뻘 흘리며 맨손 근력 운동과 기구 운동을 한다. 그리곤 트레드밀에서 20분가량 조깅을 하고 마찬가지로 땀을 한 바가지 흘리며 내려왔다. 참 대단하다 생각했다. 그렇게 나는 띄엄띄엄 피트니스센터에 갔고, 갈 때마다 그 선배 언니를 봤다. 언니는 매일 오니까 내가 갈 때마다 만나게 된 것이다.

어느 날은 퇴근 후, 이른 저녁 시간에 피트니스센터에 갔다. 그런데 세상에! 그 시간에 또 언니를 만났다. 그는 저녁 필라테스 프로그램을 듣고 있단다. 아침저녁으로 운동하다니 대단했다.

한동안 선배와 출근 시간이 비슷해서 아침에 멀리서 언니를 보게 되는 경우가 종종 있었다. 언니의 발걸음이 그렇게 가벼워 보일 수가 없다. 외투에 가려진 몸도 탄탄해 보였다. 그렇게 나의 부러움은 시작되었다.

내가 부러워하는 그 언니의 모습을 나도 가져보고 싶었다. 운동에 진심으로 빠져 있을 나의 모습을 상상하며, 나도 제대로 '운동 중독' 한번 돼보고 싶다고 생각했다.

◇ ◇ ◇

운동이 내 삶에 들어왔다

혼자서는 꾸준함을 유지하기 힘들다. 나와 마음이 잘 맞는 사람과 함께하면 실천하기 쉽다.

회사에서 매월 한 번씩 점심을 같이하는, 나를 포함한 멤버 4명이 있었다. 다들 운동에 관심이 많다. 한 명은 등반을 좋아하고, 한 명은 꾸준히 회사 근처 필라테스를 다니고, 한 명은 막 필라테스 수업에 등록했다.

어느 날 우린 점심을 먹으며 자연스럽게 운동에 관한 이야기를 나눴다. 난 이때를 놓치지 않았다. 우리 다 같이 '운동 중독' 한번 되어보자고 제안했다. 다들 흔쾌히 그러자고 했고, 신이 난 우리는 모임 이름부터 정했다. 작정하고 운동이라는 걸 제대로 하기 위해 좀 강한 단어가 필요하다는 데 의견을 같이하며, 최종적으로 우리는 '어딕션(Addiction, 중독)'을 우리 모임의 이름으로 정했다.

자신에게 맞는 운동을 하나씩 골라 꾸준히 실천하면서 한 달에 한 번씩 결과를 공유하자고 했다. 그렇게 '어딕션' 모임이 결성되었고, 우리는 만날 때마다 운동 이야기로 시간 가는 줄 모르며 떠들었다. '중독'이라는 단어가 무색하게 운동을 멈추는 경우가 비일비재했지만, 우리의 로망은 언제나 '운동 중독'이었다.

이참에 '중독'의 정확한 의미를 알기 위해 사전을 찾아봤다.
1. 생체가 음식물이나 약물의 독성에 의하여 기능 장애를 일으키는 일
2. 술이나 마약 따위를 지나치게 복용한 결과, 그것 없이는 견디지 못하는
   병적 상태

사전의 해석상 내용의 핵심은 섭취를 통한 중독이다. 하지만 요즘
에는 행위에도 '중독'이라는 단어가 많이 쓰인다. 인터넷 중독, 도박
중독, 게임 중독처럼 말이다. 그런데 다 같이 부정적인 의미다. 우리
는 새로운 의미로 '중독'을 받아들이기로 했다. 긍정적인 의미를 가진
'운동 중독'. 그리고 그 의미를 다시 정의한다.
1. 운동이 내 삶에 활력을 주는 주된 활동인 상태
2. 꾸준히 운동해야 하며 만약 운동을 쉬게 되면 불안하고 불편해지는 상태
3. 운동하면서 즐거움과 쾌감과 행복을 느끼는 상태

나의 관심사는 '운동 중독'이다. 매일매일 운동하지 않으면 좀이 쑤
시는 경지(2)를 경험해보고 싶다. 누군가에게 나를 소개할 때 "나, 요즘
운동 중독이야."라고 말하고 싶다. 그러고 보니 '중독'이라는 단어에는
'습관'이라는 의미가 담겨 있음을 알게 된다. 운동 습관, 좀 과하게 말

하면 운동 중독. 그렇게 '중독'이라는 단어를 용기 내어 붙일 수 있는 대상으로 '운동'이 내 삶에 들어왔다.

◇ ◇ ◇

운동을 해라, 운동을 하라고!

운동이 내 삶에 스멀스멀 자리 잡던 중, 한근태 작가의 『몸이 먼저다』라는 책을 발견했다. 운동을 찬양하는 책이다. 당신이 운동을 시작하게 된 계기와 운동에 서서히 중독되어가는 과정을 들려주고 운동이 좋은 이유, 운동이 우리에게 왜 필요한가를 이야기한다. 술술 읽기 좋은 책이다. 고개를 끄덕이며 읽는다. 공감 가는 내용이 많다. 무엇보다 독서와 운동을 함께 강조한다는 점에서 마음에 들었다.

내가 요즘 조금씩 깨닫기 시작한 운동의 필요성을 족집게로 꼭 찍어주는 느낌이다. 살을 빼는 것만이 아니라 진정 뱃살을 줄이고 건강해지기 위해 운동이 필요하다고 한다. 그리고 계속 강조한다. 운동을 해라. 운동을 하라고!

책을 읽다 보면 운동하지 않으면 안 될 것 같은 느낌이다. 그래서 좋았다. "운동할 시간이 없는 사람은 나중에 병원에 입원할 시간은 있다는 사실을 깨닫게 될 것이다. 제발 운동을 하라. 당신을 위해, 가족을 위해, 사회를 위해." 누워 있는 사람도 이 문장을 보고는 벌떡 일어나

운동할 거 같지 않은가.

저자는 허리는 가늘고 허벅지는 두꺼운 몸이 이상적이라고 말한다. 특히 허벅지가 중요한데, 이는 허벅지가 인체 근육의 3분의 2를 차지할 정도로 근육량이 많은 부위이기 때문이다. 근육은 가장 큰 당분 저장소이고 인체의 쓰레기를 소각하는 역할을 하므로 허벅지가 굵으면 혈관도 맑고 깨끗해진다고 한다.

나는 키가 크다. 운동을 제대로 하기 전에는 다리나 발가락에 쥐가 나는 경우가 많았다. 그럴 때면 으레 했던 말이 있다. "나는 다리랑 발가락에 쥐가 잘 나. 키가 커서 그런가 봐, 심장에서 멀리 떨어져 있는 곳까지 피가 잘 전달이 안 되나 봐." 지금 생각해보면 참 무식한 말이었다. 내가 다리에 쥐가 잘 나는 건 허벅지 근육이 부족했기 때문이었다. 스쿼트를 생활화하고 허벅지가 튼튼해지면서 자연스럽게 종아리와 발에 나던 쥐는 이제 나지 않는다.

이처럼 우리는 건강에 관해서도 공부해야 하고 올바른 방법으로 운동을 해야 한다. 활기찬 삶, 행복한 삶에 '운동'은 빠질 수 없다.

◇ ◇ ◇
근육의 아름다움에 매료되다

내가 젊었을 때 운동을 하지 않았던 이유 중의 하나는 호리호리한 몸매와 운동은 어울리지 않는다고 생각했기 때문이다. (사실 가장 큰 이유는 게으름이고…) 근육이 불거진 팔과 허벅지는 사양했다.

체중 관리가 필요하면 먹는 양을 줄였다. 식사량을 조절해서 다이어트에 성공한 적이 있기에 적정 체중을 유지하는 것에는 늘 자신이 있었다. 맘만 먹으면 몸무게는 언제든지 줄일 수 있다. 안 먹으면 된다.

시대가 변했는지, 내 관점이 바뀐 건지, 아니면 나이 들면서 자연스러운 변화인지 모르겠지만 이제는 몸을 바라보는 나의 시선이 바뀌었다. 근육이 없는 몸은 아름답지 않다. 적당히 근육이 있는 몸, 아름다운 굴곡을 가진 몸을 사랑하게 되었다. 아마 내가 동경했던, 회사 근처에 있는 필라테스 선생님의 영향도 있었으리라. 시범을 보이시는 선생님을 바라보며, 실제 나의 시선은 그의 근육에서 떠나질 못했다. 여자지만 '근육질 몸매가 이렇게 아름다울 수 있구나.' 감탄하며 늘 수업을 들었던 기억이다.

허벅지 근육과 복근, 등 근육은 인체의 외적 아름다움을 보여주는 지표이기도 하지만 몸 관리를 철저히 하는 사람에게서 느껴지는 내적 아름다움의 척도이기도 하다. 필라테스 수업에서 선생님의 탄탄한 몸을 보며 근육에 대한 로망이 생겨났다.

2

건강해지고 싶으면 몸 공부를 해라!

"무엇보다 '근육'을 키우고 단련시켜야 한다. 근육운동을 해야 한다."

도수 치료를 통해 내 몸의 부실한 부분을 바로잡았으니 이제는 체력을 키우고 건강을 추구해보기로 했다. 직장 근처에서 점심시간을 이용해 고강도 매트 필라테스 수업을 들었고, 퇴사 후에는 동네에서 주 1회로 PT를 받았다. 등 근육이 생겨나고 복근이 보이기 시작했다. 나에게도 복근이 숨어 있었다니! 몸매가 이뻐졌다. 식단에도 신경을 쓰자 몸무게가 줄고 체지방도 빠졌다. 점점 몸의 기제에 대해 더 알고 싶어졌고, 체중 관리에 관한 궁금증도 생겨나기 시작했다.

◇ ◇ ◇

뼈와 근육에 대해 알아보자

내가 좋아하는 고사성어 중 하나는 '지피지기 백전불태(知彼知己 百戰不殆)'다. 적을 알고 나를 알면 백 번 싸워도 위태롭지 않다는 뜻이다.

건강해지자고 마음먹었으니 몸에 대해 제대로 탐색해보기로 한다.

고질적인 허리 통증이 있는 나는 허리를 튼튼하게 만들기 위해 어떤 운동이 좋은지 늘 궁금했다. 그리고 구부정해진 어깨를 펴주고 바른 자세를 갖추려면 무슨 근육을 풀어줘야 하며 어떤 동작의 스트레칭이 좋은지 알고 싶었다. 아름다운 몸매도 만들고 싶었고, 특정 근육을 좀 키워보고도 싶었다. 나는 몸과 근육에 대해 파헤쳐보기로 했다.

간단하게 뼈에 대해 알아본다. 우선 척추다. 척추는 '추골'이라는 33개의 뼈로 이루어져 있으며 경추, 흉추, 요추, 천골, 미골 이렇게 다섯 부위로 나뉜다.

견갑골은 등 위쪽에 있는 한 쌍의 넓적한 뼈로 몸통 뒤쪽과 팔을 연결하는 역삼각형 모양을 하고 있다. 골반은 허리 부분을 형성하고 있는 깔때기 모양의 골격을 가리키며 제5요추, 천골, 미골(꼬리뼈)과 좌우의 관골로 이루어져 있다. 참고로 이 골반과 넓적다리뼈인 대퇴골을 잇는 관절이 고관절이다.

다음으로 근육이다. 척추, 다리, 어깨 근육을 알아보자. 척추 근육으로는 주요하게 복부 근육과 척추 신근이 있다. 복부 근육은 외복사근, 복직근, 복횡근, 내복사근이라는 4개의 근육으로 이루어져 있으며, 소위 말하는 식스팩이나 복근은 바로 복직근이 발달한 모습이다.

척추 신근은 몸통의 뒤쪽에 위치하며 척추를 신전시키는, 즉 뒤쪽으로 젖히는 작용을 하며 세부 주요 근육으로 척추기립근이 있다.

엉덩이와 다리 근육으로는 둔근, 대퇴사두근, 햄스트링, 장요근 등이 있다. 둔근 중 대둔근은 엉덩이에 있는 커다란 근육이며 중둔근은 애플 힙을 만들어주는 엉덩이 옆의 작은 근육이다. 대퇴사두근은 넓적다리(대퇴)의 앞쪽에 있는 강하고 큰 근육으로 넓적다리의 앞쪽 근육량의 대부분을 차지하고 있다. 햄스트링은 넓적다리의 뒤쪽을 따라 내려가는 근육이며, 장요근은 허리 앞쪽에 붙어서 다리뼈로 연결되는 강력한 근육이다.

마지막으로 어깨 근육으로는 대표적으로 목과 등의 위쪽에 넓게 펴져 있는 승모근과 어깨에 봉긋하게 자리 잡은 삼각근이 있다.

복부 근육과 척추 신근은 건강한 몸의 기본이 되는 근육이며 아름다운 몸매와 바른 자세를 위해서도 챙겨야 할 부위다. 특히 척추 근육은 현대인의 고질병인 디스크와도 관련이 있다. 과거엔 막연히 디스크가 뼈의 문제라고 생각했던 적이 있다. 하지만 알고 보니 이는 근육의 문제였다. 척추를 감싸는 근육을 단련해줘야 허리가 건강해진다는 사실은 조금만 생각해보면 알 수 있다.

다음으로 단련해야 하는 근육은 엉덩이와 허벅지 근육이다. 이들은 우리 몸에서 가장 큰 근육으로 에너지원의 최대 저장소이자 혈액을

청소하는 중요한 기능을 수행한다. 건강해지려면 무엇보다 엉덩이와 허벅지 근육을 키워야 하는 이유다. 현대인들이 챙겨야 또 다른 근육으로 승모근이 있다. 구부정한 자세를 바르게 만들고, 어깨 통증을 없애려면 승모근을 이해하고 이 근육을 부드럽게 만들어줘야 한다.

이렇게 정리해보니 큰 그림이 그려졌다. 신체적으로 건강해지려면 무엇보다 '근육'을 키우고 단련시켜야 한다. 근육운동을 해야 한다. 그러면 탄탄한 복부와 잘록한 허리는 덤으로 따라오기까지 할 것이다.

◇ ◇ ◇

에너지대사에 대한 이해도 필요해

PT를 받으면서 PT 선생님께 살을 빼야겠다고 얘기했더니 선생님은 나에게 그날그날 먹은 것을 모두 사진으로 찍어 보내달라고 하셨다. 감시자가 되어주시겠단다.

나는 처음에는 평소의 식습관을 유지한 채, 살짝 양만 줄여서, 먹은 음식과 간식을 찍어 선생님께 보내드렸다. 그런데 선생님은 내가 출출할 때 먹은 '귤향과즐' 1개를 보시곤 "회원님, 이런 거 드시면 안 돼요! 이런 게 다 뱃살로 가는 거예요."라고 메시지를 주셨다. 많이 먹은 것도 아니고 과자 1개 먹은 건데 좀 너무하단 생각을 하며(살 빼고 싶은 마음이 절실하지 않았군. ㅋㅋ) "네."라고 답변을 했지만, 한동안 간식을 끊지 못했다.

PT 선생님은 수업을 진행하면서 동시에 그동안의 식단에 대한 평가와 조언을 해주시고 음식물과 몸의 기제에 대해 짬짬이 설명을 해주셨다. 나는 매번 바보 도 깨는 소리를 해가며 귀담아들었고 무엇보다 '인슐린'이 건강과 다이어트에 실로 중요한 역할을 한다는 사실을 깨닫게 되었다. 그리고 '혈당지수(GI)'라는 생소한 단어도 알게 된다.

아무래도 에너지대사 그리고 영양학에 대한 기초 지식을 좀 늘려야겠다고 생각했다. 지금 이 글을 쓰는 중에도 정말 그때의 무지했던 내가 참 부끄럽다. 인슐린은 당뇨하고만 관련 있는 줄 알았으니 말 다했다. 나는 당뇨와는 친하지 않으니, 내가 굳이 알아야 할 대상이라고는 털끝만큼도 생각해본 적이 없었으니 말이다.

이후로 나는 인슐린, 우리 몸의 에너지대사 체계 등을 조금씩 배우며 알아갔다. 중요한 내용만 간략하게 정리해본다.

우리 몸은 음식을 섭취해서 에너지를 얻는다. 우리가 학창 시절에 배웠던 3대 영양소인 탄수화물, 지방, 단백질이 주요 에너지원이다.

탄수화물은 음식으로 섭취된 후 포도당으로 분해되어 혈액으로 들어간다. 이때 췌장에서 분비된 인슐린이 에너지를 필요로 하는 세포로 포도당을 보내고, 남은 포도당은 '글리코겐'이라는 물질로 간과 근육에 저장한다. 단, 간과 근육에 저장할 수 있는 글리코겐의 양은 한정되어 있기에 넘치는 글리코겐은 중성지방으로 합성되어 주로 복부에 저장된다.

지방은 음식으로 섭취된 후 지방산과 글리세롤로 분해되며, 과잉인 경우 중성지방으로 축적된다. 단백질은 아미노산 형태로 분해되어 에너지원으로 사용될 수 있지만 주로 근육을 구성하는 역할을 한다.

우리 몸은 에너지가 필요할 때 일차적으로 궁극의 에너지원인 ATP(아데노신삼인산)라는 물질을 사용한다. 하지만 저장된 ATP는 극소량이므로 이게 고갈되고 나면 이차적으로 근육에 있는 크레아틴인산이라는 고에너지 인산 복합물로부터 ATP를 합성해서 짧게는 10초, 길게는 90초 에너지를 생산해낸다.

그다음부터가 우리가 주로 알고 있는 내용으로, 근육세포에 저장된 글리코겐을 포도당으로 분해해서 ATP를 생산한다. 마지막으로 점차 유산소 시스템이 작동하면서 탄수화물과 지방을 동시에 사용해서 에너지를 만들어낸다.

체지방 관리에 관한 상식을 알아두자

다음으로 체지방 관리 측면에서 중요한 사실을 집중적으로 짚어보자. 인슐린의 작동 기제, 근육을 만들어야 하는 이유, 그리고 축적된 체지방을 없애는 방법으로, 이는 누구나 알아야 할 상식인 동시에 내가 평소에 무엇보다 알고 싶었던 내용이기도 하다. 운동을 제대로 시작하기 전에는 나도 잘 몰랐지만 여러분은 미리 알아두길 바란다.

첫째, 어떤 경우에 체지방 축적이 일어날까?

음식 섭취로 인해 우리 몸속의 혈당이 높아지면, 인슐린이 분비되어 포도당을 세포로 그리고 간과 근육으로 실어 나른다. 만약 혈당이 빠른 속도로 올라간다면 인슐린이 과잉 분비되고 단시간에 간과 근육이 글리코겐으로 채워진다. 그리고 더는 간과 근육에 저장할 수 없는 글리코겐이 체지방으로 쌓인다.

여기서 중요한 개념이자 꼭 기억해야 하는 '혈당지수(Glycemic Index, GI 지수)'가 등장한다. 혈당지수란 음식을 섭취한 후 혈당이 상승하는 속도를 0~100으로 나타낸 수치인데 음식마다 이 혈당지수가 다르다. 혈당지수가 높은 음식은 혈당을 빠르게 상승시키고 인슐린의 과잉 분비를 일으킨다. 즉 체지방 축적이 쉽게 일어나는 것이다. 따라서 체지방 관리를 위하여 이런 혈당지수가 높은 음식을 피하고 혈당의 과한 스파이크가 일어나지 않도록 음식을 천천히 먹을 필요가 있다.

둘째, 같은 음식을 먹더라도 체지방 축적을 줄이는 방법이 있을까?

섭취한 탄수화물은 글리코겐 형태로 간에 30%, 근육에 70%가 저장되는데 간과 근육에 저장하고 남은 글리코겐이 체지방으로 축적된다. 따라서 근육을 늘려서(간은 늘릴 수 없으니까) 글리코겐의 저장 용량을 키우면 상대적으로 체지방으로 축적되는 양을 줄일 수 있다. 똑같은 양의 음식을 먹어도 근육이 있는 사람은 살이 덜 찌고, 같은 체중이라도 근육이 많은 사람의 몸매가 좋고 뱃살이 없는 이유가 여기에 있다.

셋째, 그럼 축적된 체지방은 어떻게 없앨 수 있을까?

앞에서 설명했듯이 에너지원으로 제일 먼저 탄수화물(글리코겐)이 사용되며, 탄수화물로 부족한 경우 중성지방이 에너지원으로 사용된다. 특히 탄수화물은 고강도 운동을 할 때 많이 연소된다. 따라서 전략적으로 운동을 해주면 뱃살을 효과적으로 뺄 수 있다. 즉, 고강도 웨이트트레이닝으로 탄수화물을 먼저 고갈시킨 다음에 유산소 운동을 통하여 지방 대사를 높여주면 좋다.

따라서 근육 운동을 한 다음에는 꼭 유산소 운동을 해서 체지방을 줄일 수 있도록 하자. 참고로 유산소 운동을 하면 웨이트트레이닝으로 쌓인 젖산이 제거되므로 근육통을 줄여주는 효과도 얻을 수 있다.

마지막으로, 운동할 때 주의할 점은 적당한 탄수화물의 섭취가 중요하다는 사실이다. 에너지원으로 긴급하게 사용해야 하나 탄수화물이 부족한 경우, 단백질까지 에너지원으로 쓰게 되어 애써 만들어 놓은 근육의 소실을 가져올 수 있다. 그래서 너무 허기진 상태에서 근력 운동하는 건 추천하지 않는다.

또한 최소한 운동하기 2시간 전부터는 음식 섭취를 삼가야 한다. 소화는 부교감신경이 담당하고, 운동은 교감신경이 관여하는데, 음식을 먹고 운동을 하면 소화도 제대로 안 되고 운동도 효과를 보기 어렵다. 그리고 진짜 마지막으로, 근력 운동 후 단백질을 잘 챙겨 먹으면 근육 생성에 도움이 된다.

쉿, 늙지 않는 비밀을 알려줄게

"장 칼망이 85세에 펜싱을 시작했고 모지스 할머니가
76세에 그림을 그린 것에 비하면 내 나이 마흔다섯 살은 무척이나 젊은 나이다."

100세 시대라고 한다. 수명이 길어졌다. 그런데 단지 수명 자체가 중요한 게 아니라 '건강수명'이 중요하다. 골골하면서 자리에 누워 오랜 시간을 보내다 수명을 다할 것인가, 죽기 직전까지 돌아다니며 의미 있는 활동을 할 것인가. 당연히 나는 후자다. 누구라도 후자를 선택한다. 같은 수명이라도 '건강수명'이 중요하다.

◇ ◇ ◇
나이 들어도 운동과 독서는 내려놓지 않을 테다

늦게 배운 도둑이 날 새는 줄 모른다고 했던가. 나는 늦은 나이에 시작한 독서에 푹 빠져서 책만 읽었다. 몸이 점점 불편해졌다. 눈은 침침하고, 어깨는 경직되고, 허리가 아프다. '몸이 힘들지 않다면 책을 더 많이 읽을 텐데.'라며 아쉬워했다.

그러다 뒤늦게 독서와 운동은 병행해야 한다는 사실을 깨달았다. 내가 좋아하는 책을 평생 읽으려면 건강해야 하고, 건강해지려면 운동을 해야 한다고. 이제는 '운동'도 내 삶에서 빼놓을 수 없는 즐거움이 되어버렸다. 운동할 때 느껴지는 근육의 뻐근함이 무척이나 만족스럽고, 트레드밀 위에서 느껴지는 숨 가쁨과 송골송골 맺히는 땀이 정말 좋다.

'러너스 하이(Runners' High)'라고 들어봤는가? 이 용어는 캘리포니아대 심리학자인 아널드 J 맨덜이 1979년 발표한 정신과학 논문 '세컨드 윈드(Second Wind)'에서 처음 사용되었다. 한마디로 요약하면 30분 이상 달렸을 때 몸이 상쾌하고 가벼워지면서 경험하게 되는 도취감 혹은 충만한 감정이다.

러너스 하이에 영향을 주는 물질은 엔도르핀이라고 알려져 있다. 엔도르핀은 뇌하수체 전엽에서 분비되는 호르몬으로 기분을 좋게 하고 통증을 줄여준다. 힘든 구간이지만 오히려 몸이 가벼워지고 피로가 사라지며 새로운 힘이 생기는 행복한 느낌이 바로 '러너스 하이'다.

나도 공원에서 달리기하거나 트레드밀에서 인터벌을 하다 보면 갑자기 몸이 가벼워지고 기분이 좋아지기 시작하는 때가 있다. 속으로 '우와! 이게 바로 러너스 하이구나.'라고 신기해하면서 한편으로 그 기분을 즐겼다. 운동 중독이 바로 이런 거구나 싶었다. 이런 기분이라면 운동 중독 한번 되어보는 것도 나쁘지 않겠다.

그러나 꼭 '러너스 하이'까지는 아니더라도 운동을 하고 나면 그렇게 개운하고 상쾌할 수가 없다. 운동을 해본 사람이라면 누구나 아는 쾌감과 즐거움이다.

책도 읽어본 사람들만이 아는 즐거움이 있다. 독서와 운동이 일맥상통하는 부분이다. 아마 책 읽을 때의 도취감을 '리더스 하이(Readers' High)'라고 부를 수 있지 않을까. 우리는 '러너스 하이'와 유사한 쾌감을 책을 읽으면서도 느낄 수 있다.

저자의 목소리에 온전히 귀를 기울이며 책 속에 빠져드는 순간, 머리가 맑아지고 마음이 가벼워지면서 한편으론 형용할 수 없는 황홀함을 경험한다. 이 또한 중독성이 강해서 책의 마지막 장을 덮자마자 같은 저자의 다른 책이나 비슷한 주제의 책을 찾기에 이른다. 그 황홀함을 다시 느끼고 싶어서 말이다.

아마 책을 몰입해서 읽을 때도 분명 엔도르핀과 행복에 관한 호르몬이 분비되는 게 틀림없다. 중독성이 강한 점에 있어서 운동과 독서가 그리 다르지 않다. 둘 다 건강한 중독의 대상으로 삼을 만하다.

인생을 살면서 이 둘만 잘 챙겨도 즐거운 인생, 행복한 삶을 살 수 있다고 장담한다. 신체적 건강함과 지적 건강함을 함께 챙기는 매우 훌륭한 삶의 방식이다. 몸과 마음 어느 한쪽으로 치우치지 않는 생활은 나를 안정적인 삶으로 이끈다.

◇ ◇ ◇

늙지 않는 비밀이 있다니

김형석 교수의 『백년을 살아보니』라는 책은 인간이 75세까지 성장 가능하다고 한다. 새로운 것에 도전하길 좋아하고 늘 배움을 추구하는 나는 이 말이 참 반가웠다. 이는 아직도 나에게 즐길 시간이 많이 남아 있다는 이야기로 들렸고, 최소 75세까지 새로운 것에 도전하는 용기를 가져도 된다는 다독거림으로 들렸다.

우리가 잘 알고 있는 모지스 할머니도 76세에 그림을 그리기 시작해 80세에 개인전을 열고, 100세에 세계적인 화가가 되지 않았던가. 『늙지 않는 비밀』이라는 책에서는 건강에 대한 기준을 더 뒤로 밀어낸다. 서문에 소개된 칼망은 85세에 새로운 배움을 시작하고 100세가 넘어도 건강한 삶을 유지한다.

그런데 잠깐, '늙지 않는 비밀'이라고? 한창 노화에 관한 궁금증이 폭발하던 시기에 나는 제목에 이끌려 이 책을 읽기 시작했다. 저자는 노벨 의학상을 받은 분자생물학자 엘리자베스 블랙번과 건강 심리학자인 엘리사 에펠이다. 이 책은 노화에 관한 분자생물학적 이야기를 담고 있으며, 좀 더 정확하게 말하면 텔로미어(telomere)와 텔로머라아제(telomerase)에 관한 이야기다.

과학적으로 증명된 인체의 신비와 노화의 비밀을 알아가는 즐거움이 무척 컸던 책이다. 책을 읽고 나서 보다 과학적으로 알게 되었다. 건강수명을 늘리기 위해 왜 운동을 해야 하고 긍정적으로 생각해야 하는지, 왜 잠을 푹 자야 하며, 건강한 음식을 먹어야 하는지, 이것들이 왜 건강수명과 직접적으로 연관되어 있는지를.

텔로미어는 그리스어 '텔로스(끝)'와 '메로스(부분)'의 합성어로 6개의 뉴클레오티드(AATCCC, TTAGGG 등)가 수천 번 반복 배열된 염색체의 끝단을 말한다. 즉, 염색체 말단의 염기 서열 부위로, 이는 염색체의 손상이나 다른 염색체와의 결합을 방지하는 중요한 기능을 가진다.

세포는 한 번 분열할 때마다 그 길이가 조금씩 짧아지며, 세포분열이 일정한 횟수를 넘어서면 그 길이가 아주 짧아지면서 해당 세포는 분열을 멈추고 죽게 된다. 이는 늙거나 손상된 세포가 문제를 일으키지 않기 위해 자살하는 이른바 '세포 소멸'이라고 불리는 자연적인 현상이다. 따라서 염색체의 손상을 방지하는 역할을 가진 텔로미어를 '생명 시계'라 부르기도 한다. '텔로머라아제'라는 효소는 이런 텔로미어가 짧아지는 것을 막아준다.

우리가 보통 말하는 건강한 상태란 텔로미어가 세포분열을 계속하는 상태다. 이는 텔로미어가 아직 충분히 긴 상태로, 텔로미어의 마모가 자체적으로 덜 일어나거나 텔로머라아제 효소가 풍부해서 텔로미어의 마모를 예방해줄 때 가능하다.

이 책은 텔로미어를 길게 오랫동안 유지할 수 있는 방법으로 크게 5가지를 제시한다. 건강한 사고 패턴 가지기, 운동하기, 7시간 이상씩 자기, 건강한 음식 섭취하기, 사회적 결속이 그것이다.

우리가 건강에 대해 이미 알고 있는 내용이기도 하다. 단, 이러한 행동들에 대한 과학적 근거를 알려준다는 것이 이 책이 가지는 가장 큰 효용이 아닐까 싶다. 이제 실천만 하면 된다. 건강한 사고 패턴, 운동, 잠, 음식, 사회적 교류! 기억하고, 실천하고, 오래오래 건강하자.

◇ ◇ ◇

마흔다섯에 바디프로필을 찍다

운동이 안정적으로 내 삶에 들어오자 점점 근육 있는 몸에 대한 로망이 생겨났다. 나도 복근과 등 근육, 그리고 단단한 엉덩이 근육을 가져보고 싶었다. 제대로 근육을 만들려면 계기가 필요할 것 같았다. 그래서 결심했다. 마흔다섯이라는 나이에 바디프로필을 찍기로.

장 칼망이 85세에 펜싱을 시작했고 모지스 할머니가 76세에 그림을 그린 것에 비하면 마흔다섯 살은 무척이나 젊은 나이다.

목표는 '건강하게 바디프로필 찍기'로 정했다. 무리하지 않았다. 3개월의 기간 동안 주 2회 PT를 받았고, 매일 선생님께 그날 먹은 식단과 운동을 점검받았다. 그렇게 선생님의 조언에 따라 착실히 식단 관리와 운동을 했더니 나도 모르는 사이 등 근육이 생겨났고, 배에도 복근이 점점 선명해졌다. 신기하고도 짜릿한 경험이었다. 내 배에 복근이 숨어 있을 줄이야.

그렇게 불가능할 것 같던 바디프로필을 무사히 찍었다. 나의 버킷리스트 중 가장 어려운 '복근 만들기'를 성공적으로 해낸 것이다. 나는 사십 평생 가장 건강한 몸과 이쁜 몸매를 가지게 되었다. 남편도 인정한다. 지금껏 자기가 보아온 몸매(?) 중에 지금의 몸매가 가장 이쁘다고!

무엇보다 바디프로필을 찍고 내가 가장 만족하는 점은 평생 나의 고질병이었던 빈혈을 극복했다는 사실이다. 나는 어릴 적부터 빈혈을 달고 살았다. 이십 대가 끝날 즈음, 한국은행에 입사할 때도 채용 시 검강검진에서 '빈혈'이 나와 합격이 보류되었다. 전날 남편과 소고기를 열심히 먹은 뒤에 재검을 받아 겨우 통과한 사실을 지금은 웃으며 얘기한다. 그때는 얼마나 조마조마했던지.

매년 건강검진을 받을 때마다 혈액검사 결과가 나를 불편하게 했다. 항상 적혈구가 모자랐고 혈색소 수치도 낮았다. 백혈구 수치는 한

번도 정상 범주에 든 적이 없었고, 심하게 낮게 나오는 경우도 종종 있었다.

관련 대상 질환으로 '급·만성 염증, 빈혈, 각종 백혈병 등'이 있단다. 안다. 매년 같은 결과라서 늘 그러려니 했다. 소견으로는 항상 '균형 잡힌 식사'와 '재검'이 적힌다. 산부인과에 가서 재검도 했지만, 말그대로 재검…. 결과는 똑같이 나왔고 철분제 처방해주면 한동안 먹다 말다를 반복했다.

그런데 세상에, 바디프로필을 찍고 나서 평생 나의 고질병인 빈혈이 사라졌다! 식단 관리, 근육 비대, 꾸준한 운동이 나를 체질적으로 바꿔놓은 것이다.

바디프로필 찍기 45일 전쯤, 아직 근육이 만들어지기 전에 건강검진을 받았다. 역시나 혈액검사 결과는 좋지 않다. 특히 백혈구 수치가 너무 안 좋았다. 의사는 심각한 상황이라며 재검을 권한다. 그땐 내가 정말 '백혈병'에 걸린 건가 싶어 무서웠고 한동안 잠을 설쳤다. 하지만 당장 내가 할 수 있는 게 없었다. 그래서 바디프로필부터 끝내고 보자는 생각으로 운동과 몸 만들기에 집중했다.

무사히 바디프로필을 찍고 한 달가량 뒤에 혈액검사를 다시 받았다. 조마조마하게 결과를 기다리던 중 담당 의사 선생님으로부터 전화가 왔다. "음… 두 달 동안 무슨 일이 있었는지 모르겠지만, 지금은 아주 정상적입니다. 아주 건강한 상태입니다." 아직도 선생님의 표현이 잊히지 않는다. "두 달 동안 무슨 일이 있었는지 모르겠지만…." 혈액검사 수치가 내 평생 가장 좋게 나왔다. 백혈구 수치는 5.7(정상 수치는 4.0~10.0), 늘 부족했던 혈색소와 적혈구도 정상 범위였다.

내 삶에서 이처럼 극적인 전환이 또 있을까. 마흔 중반이 되어서야 드디어 '빈혈'을 극복하는 법을 알게 된 것이다. 나는 앞으로도 쭉 식단 관리에 신경 쓰고 근육을 유지하며 꾸준히 운동하겠다고 다짐한다. 적어도 100세까지 건강하게!

◇ ◇ ◇
뭐니 뭐니 해도 근력 운동!

근육은 신체를 지탱하고 움직이게 하는 매우 근원적인 기관이다. 또한 앞에서 설명했듯이 에너지대사에도 중요한 역할을 담당한다. 체중의 40~50%를 차지하는 근육은 삼십 대 후반이나 사십 대부터 서서히 줄기 시작하며 초반에는 매년 1% 정도씩 줄다가 나이가 들면서 그 속도는 점점 빨라진다.

근육이 줄어든 삶을 상상해보았는가? 떠올리고 싶지 않은 모습이다. 노화로 찾아오는 근육 감소는 여러 가지 건강상의 문제를 일으킨다. 일상생활이 힘들고 작은 충격에도 부상을 입거나 여러 가지 병을 달고 산다. 질이 떨어지고 만족스럽지 못한 삶이다.

따라서 더 이르면 좋겠지만 늦어도 근육 감소가 시작되는 마흔에는 근력 운동을 시작해야 한다. 노화로 인한 근육 감소에 맞서서 근육을 키워야 한다. 한 번 만들어진 근육은 몸이 기억한다. 체질을 바꾸는 것과 유사하다. 한 번 몸이 근육을 기억하게 하면 수월하게 유지할 수 있다. 더 늦기 전에 근력 강화 운동을 시작하자.

나의 경우 바디프로필을 준비하며 몸을 제대로 만들었고 그 후론 꾸준한 운동을 통해 근육을 유지하고 있다. 한 번 새겨진 근육은 몸이 기억한다는 것도 나의 경험에서 나온 깨달음이다. 잠시 운동을 쉬다가도 마음먹고 열심히 운동하면 며칠 안 돼서 복근과 등 근육이 다시 봉긋봉긋 솟아나는 걸 느낀다.

피트니스센터에서 수행하는 나의 운동을 소개하면 아래와 같다. 무리하지 않고 딱 나에게 맞는 루틴으로 반복한다. 만약 홈트레이닝으로 운동할 땐, 힙 어브덕션 대신 덩키킥과 사이드 덩키킥 그리고 플랭크로 진행한다.

- 40분간 근력 운동 : 덤벨 숄더 프레스, 중량 런지, 레그레이즈(혹은 행잉 레그레이즈), 힙 어브덕션, 렛풀 다운, 중량 스쿼트
- 20분간 트레드밀에서 유산소 운동 : 경사 10~15도, 속도 4.5㎞/h로 빠른 속도로 경사 걷기

덤벨 숄더 프레스는 어깨 운동이지만 코어를 강화시켜주고 굽은 어깨를 펴주며 바른 자세를 유지하게 해준다. 4kg짜리 덤벨을 양손에 들고 20회 3세트를 진행한다.

런지는 스쿼트와 유사한 운동 효과를 가지는 운동이다. 스쿼트 자세가 불안한 나는 스쿼트보다 런지가 더 편하다. 올바른 스쿼트 자세를 익히는 게 어렵다면 런지를 추천한다. 양손에 4kg 덤벨을 들고 좌우 각각 20회씩 번갈아 3세트로 진행한다. 후반으로 가면서 다리가 후들거리며 많이 힘들 수 있지만, 끝까지 버티며 횟수를 채워서 일어난다면 내 몸이 한 단계 건강해지는 느낌을 받을 것이다.

복근 강화에 좋은 운동으로는 누워서 하는 레그레이즈를 추천한다. 이는 벤치에 누워 코어에 힘을 주고 무릎은 살짝 구부려서 천천히 두 다리를 올렸다 내려주는 동작이다. 두 팔은 머리 쪽 벤치 끝을 잡으면 된다. 배에 늘 힘을 주고 있어야 허리에 무리가 가지 않는다. 처음에는 힘들 수 있지만 매일 하다 보면 점점 동작이 쉬워져서 횟수가 늘어나는 신기한 경험을 할 수도 있다.

처음엔 나도 20회씩 3세트를 하는 것이 죽어라 힘들었는데, 나중엔 한 세트에 80회를 3세트까지 하는 경지에 이르렀다. 덕분에 내 뱃살에 숨겨져 있던 복근을 발견할 수 있었다는….

아쉽게도 횟수가 늘어날수록 은근 시간이 많이 걸리는 운동이다.

보다 시간 효율적인 운동을 원한다면 크런치나 행잉 레그레이즈 혹은 AB슬라이드를 추천한다. 참고로 난 간편한 레그레이즈가 제일 좋다.

바디프로필을 준비하면서 엉덩이 근육도 많이 키웠다. 내 기준으로 말이다. (원래는 엉덩이 실종 몸매…) 몸이 좋아진 후 기분 좋은 느낌이 드는 건 복근 때문이기도 했지만, 엉덩이 근육 덕분이기도 했다. 걸을 때도 엉덩이가 묵직한 게 몸의 균형이 느껴졌다. 엉덩이 근육이 어느 근육보다 중요한 근육이라는 사실을 몸소 느꼈다. 그래서 늘 엉덩이 운동을 게을리하지 않는다.

내가 제일 좋아하는 엉덩이 운동은 힙 어브덕션이다. 중둔근을 키우려고 시작했지만, 이제는 나의 일상 운동 루틴 중 하나가 되었다. 힙 어브덕션은 혼자 시작하기엔 근육의 느낌을 알기가 쉽지 않은 운동이다. 나도 초반에 여러 시행착오를 거쳤고 이제는 나만의 운동 자세와 패턴이 생겼다.

난 상체를 구부려서 온전히 엉덩이 근육에 힘이 집중되는 자세를 좋아한다. 이는 엉덩이 근육을 제대로 쓸 수 있는 자세다. 다리를 벌리며 패드를 밀어줄 때 힙에서 느껴지는 묵직한 느낌은 정말 사랑하지 않을 수 없다.

자세가 바르고, 복근이 탄탄하면서 허벅지와 엉덩이 근육이 발달해 있는 상태라면 죽기 직전까지 건강하게 걸어 다닐 수 있지 않을까. 많은 욕심을 내지 말고 딱 나에게 맞는 근력 운동을 찾아 운동 루틴으로 삼아 실천해보자.

쉬고 또 쉬어도 늘 피곤한 당신에게

"내가 좋아하는 것을 즐기며 에너지를 채우는 시간이 휴식의 시간이다."

운동이 내 삶에 들어오기 전엔 항상 몸이 천근만근이었다. 뭘 해도 몸의 피로가 해소되지 않았다. 잠을 많이 자도 피곤했다. 평소보다 잠을 많이 잔 날에는 오히려 온몸이 더 욱신거렸다. 아니, 잠을 자고 일어나는 게 이렇게 고통스러운데 뭘 하면서 쉬어야 내 몸이 편해질까. 암담했다. '진퇴양난'이라는 말은 이럴 때 쓰는 건가 보다. 쉬지도 못하고, 안 쉬자니 힘들고. 안 되겠다. 휴식에 대해 제대로 알아봐야겠다.

◇ ◇ ◇

뇌를 쉬게 하는 것이 제대로 된 휴식이다

'휴식'이라는 단어가 내 삶의 화두로 스멀스멀 들어올 즈음에 제목에 혹해 읽게 된 책이 『최고의 휴식』이다. 쉬어도 쉰 것 같지 않은 생활이 반복되는데, 도대체 '최고의 휴식'이라는 게 있을까? 의심의 눈초리를 거두지 않은 채 책을 읽었는데 한 대 얻어맞은 느낌이었다.

항상 피곤하고 무기력하다면 그건 뇌가 지쳐 있는 상태라고 한다. 뇌가 지쳐 있다고는 꿈에도 생각하지 못했는데. 그동안 나는 뇌를 쉬게 한 게 아니라 엉뚱하게 몸뚱이에만 필요 없는 휴식을 강요했던 것이다. 그러니 나아지지 않을 수밖에.

피로는 '피로감'이라는 뇌 현상이라고 한다. 육체적인 피로는 단순히 근육 등의 물리적인 소모뿐 아니라 '피로감'이라는 뇌 현상으로 인식된다고. 단, 인지를 바꾸는 게 전부는 아니며 수면, 운동, 식사 등 모든 요소가 함께 휴식의 기반으로 어우러져야 제대로 된 휴식이 된다. 『최고의 휴식』에서는 말한다. "방전된 배터리를 충전하는 것은 진정한 휴식이 아니다. 자신의 뇌를 바꿔서 지금, 여기에 집중하는 마음의 근력을 찾는 것이 '최고의 휴식'의 진짜 목적이다."

나에게 필요했던 건 뇌의 휴식이었음을 깨달았다. 휴식도 제대로 배워야 한다. 세계의 엘리트들이 명상을 하는 이유도 이것이 진정한 휴식이기 때문이다. '지금, 여기에 집중'할 수 있는 명상이 최고의 휴식법 중 하나인 것이다.

휴식을 제대로 알고 싶다면 뇌의 디폴트 모드 네트워크(Default Mode Network, DMN)를 이해할 필요가 있다. 미국 미주리주 세인트루이스에 있는 워싱턴대 의대의 뇌과학자 마커스 라이클(Marcus Raichle) 교수는 인간의 뇌에 대해 알려지지 않았던 현상에 관한 논문을 2001년 발표했다. 사고, 기억, 판단 등 인지 활동을 할 때만 두뇌가 적극적으로 활동하는 게 아니라 사람이 아무런 인지 활동을 하지 않을 때 활성화되는 뇌의 특정 부위들이 있음을 알아낸 것이다.

실험 결과, 뇌의 특정 부위가 실험 대상자들이 문제 풀이에 몰두할 때는 활동이 오히려 감소하는 반면 실험 대상자들이 아무런 인지 활동을 하지 않고 멍하게 있을 때는 평소보다 활성화되는 것으로 드러났다. 라이클 교수는 쉬고 있을 때, 즉 뇌가 활동하지 않을 때 작동하는 일련의 뇌 부위를 일컬어 '휴지 상태 네트워크(rest state network)' 또는 '디폴트 모드 네트워크'라고 명명했다.

이는 눈을 감고 누워서 가만히 쉬고 있어도 뇌가 여전히 몸 전체 산소 소비량의 20%를 차지하는 이유다. 우리가 컴퓨터를 리셋하면 초기 설정(default)으로 돌아가는 것처럼 우리도 복잡한 생각을 떨쳐버리고 온전히 나 자신과 현재에만 집중할 때 디폴트 모드 네트워크가 활성화된다.

현대사회에서 우리는 휴식을 취한다고 하면서도 뇌는 쉬도록 내버려두지 않는다. 손에서 스마트폰을 내려놓지 않고 끊임없이 정보를 받아들이고 판단하기를 반복하기에 잠드는 그 순간까지 뇌는 활성화되어 있다.

뇌를 쉬게 할 필요가 있다. 디폴트 모드 네트워크가 활성화될 수 있는 시간을 애써서 만들어야 한다. 스마트폰을 내려놓고, 잡다한 생각을 집어치우고, 일이나 육아에 대한 걱정도 잠시 접어둬야 한다. 시기, 화, 걱정, 짜증 등의 감정도 내려놓고 뇌를 리셋하자. 그래야 진정한 휴식을 취할 수 있다.

뇌를 쉬게 해서 뇌로 하여금 피로감을 느끼지 못하도록 하자. 디폴트 모드 네트워크를 스스로 통제할 수 있는 뇌 구조를 만드는 것이 진정한 휴식을 누리는 방법이다.

◇ ◇ ◇

나만의 진정한 휴식을 찾아보자

최고의 휴식에 대해 이해를 했으니 이젠 나에게 맞는 휴식법을 찾아본다. 중요한 건 '지금, 이 순간 온전한 나'에 집중하는 것이다. 집중은 '몰입'을 의미한다. 따라서 진심에서 우러나와 내가 즐기고 싶은, 몰입할 수 있는 모든 활동은 뇌의 디폴트 모드 네트워크 활성화를 돕는다.

가장 쉽게 실천할 수 있는 것으로 '취미'가 있다. 내가 좋아하는 활동에 몰입하여 '지금, 이 순간 온전한 나'에 집중하면, 우리의 디폴트 모드 네트워크는 활성화되고 피로감은 사라진다. 이는 몸은 힘들지만 내가 좋아하는 취미 활동을 애써 하는 이유이며, 몸을 쓰는 활동을 했음에도 몸과 마음이 개운해지고 상쾌해지는 까닭이다. 뇌는 이제 '피로감'이라는 신호를 보내지 않는다. 디폴트 모드 네트워크가 활성화되며 뇌가 쉬었기 때문이다.

유레카! 억지로 시간을 내어 몸을 쉬게 해야 한다는 강박관념에서 벗어나는 순간이었다. 좋아하는 것을 즐기며 몰입하면 된다. 요즘 다양한 취미 생활로 내 삶을 채워나가는 이유다.

주위에서는 뭘 그렇게 바쁘게 사냐며 핀잔을 주기도 한다. 하지만 나에게는 이런 삶이 휴식이 있는 삶이다. 즐거움을 느끼는 활동에 몰입을 경험하는 삶이 휴식이 있는 삶이자 행복한 삶이다.

나의 경우 진정한 휴식은 뭐니 뭐니 해도 '책 읽기'다. 언젠가 한동안 새벽 독서로 『곽재구의 포구기행』을 읽은 적이 있다. 나는 포구의 절제되고 정갈한 묘사를 읽으며 저자의 느리게 가는 시간을 찬찬히 따라가며 책 속에 푹 빠져 있었다.

어느 날은 책 속에서 삼천포 어부들의 멸치를 털어내는 역동적인 모습을 만났다. 햇살은 눈이 부시고 그물에서 털려 나오는 수많은 멸치는 빛을 발하며 보석처럼 빛난다. 그 모습이 눈앞에 펼쳐진다. 새벽 시간은 고요한데 내 가슴이 떨려왔다.

출근길이다. 지하철은 잠실철교를 건너는 중이다. 아침 햇살에 부서지듯 반짝이는 한강이 너무도 이쁘다. 아침에 읽었던 삼천포 포구가 한강과 오버랩되며 한껏 만족스러운 느낌이 들었다. 무미건조한 표정으로 출근하는 지하철 안의 많은 사람을 바라본다. 그리곤 혼자서 씩 웃는다. 나는 그들과 분리된다. 나는 아침에 눈부신 삼천포 포구를 다녀왔고, 그때 느꼈던 벅찬 감정은 평소의 출근길을 이리도 충만하게 만들어준다. 이 모든 게 새벽 독서를 통해 변한 나의 삶이다.

문득 이전에 메모해둔 문구가 떠올랐다. "날마다 좋은 책을 읽는 것은 날마다 세 가지 일에 성공하는 것이다. 결정적인 만남, 후회 없는 선택, 품위 있는 인생."

그래! 오늘은 성공한 하루였다. 나는 새벽에 삼천포를 다녀오고, 멸치를 털어내는 역동적인 모습들과 갈매기의 영롱한 눈빛을 눈에 담고, 여러 곳의 바다와 자연을 경험하고 오지 않았던가. 그렇게 만족스럽고 뿌듯할 수가 없었다. '난 오늘 하루를 품위 있게 시작했구나.' 생각하며 회사로 향했던 기억이다.

퇴근 후 집에 오는 길엔 가끔 집 앞 스터디카페에 들러 책을 읽거나 글을 썼다. 회사에서 프로젝트로 바쁜 나날을 보내던 중 한창 빠져서 읽던 책은 폴 오스터의 『브루클린 풍자극』이라는 소설이었다.

"나는 조용히 죽을 만한 장소를 찾고 있었다. 누군가가 내게 브루클린을 추천했고, 그래서 바로 이튿날 아침 나는 그곳을 향해 길을 나섰다." 첫 문장을 읽으며 예사롭지 않음을 느꼈고, 역시나 책을 완독할 때까지 나는 집 앞 스터디카페를 수시로 찾았다.

조용히 죽을 수 있을 만한 도시로 브루클린을 선택한, 예순 번째 생일을 앞두고 퇴직한 보험 영업 사원 네이선 글래스가 주인공이다. 죽으려고 선택한 도시에서 네이선은 삶의 희망을 다시 찾고, 마지막엔 사랑하는 사람에게 청혼까지 한다. 네이선, 그리고 주변 사람들의 행복 찾기 여정을 읽는 동안 나도 즐거웠고 행복했다. 스터디카페에서 보낸 시간은 힐링의 시간이었다.

나의 삶에는 내 방식의 '휴식'이 자연스럽게 자리를 잡았다. 더 잘 쉬려고 나는 늘 나를 즐겁게 해줄 무언가를 찾는다. 문득 문요한 박사의 『오티움』이라는 책이 떠오른다. 이 책에서 그는 '오티움'을 '내 영혼에 기쁨을 주는 능동적 여가 활동'으로 정의하고, 자신을 창조하는 능동적인 휴식을 제안한다. 하고 싶은 것을 하는 건 에너지를 소모하는 게 아니라 오히려 채우는 것이라고 한다.

에너지를 채운다는 맥락에서 '오티움'을 진정한 휴식으로 볼 수 있다. 내가 좋아하는 것을 즐기며 에너지를 채우는 시간이 휴식의 시간이다. 그리고 이렇게 쉬어야 내 몸과 마음이 건강해진다. 나는 건강한 삶을 위하여 오늘도 책을 읽고, 글을 쓰고, 운동하고, 그림을 그린다. 우리의 삶 속에는 진정한 휴식의 시간이 필요하다.

◇ ◇ ◇
운동도 균형이 필요하다

근육을 만들고 싶다고 PT 선생님께 말했더니, 선생님의 표정이 좋지 않다. 근육을 만들려면 몸을 해쳐야 한단다. 말이 안 된다. 근육은 자고로 건강의 상징인데 건강을 해쳐야 근육을 만들 수 있다니.

곰곰이 생각해본다. 선생님의 말씀도 일리는 있어 보인다. 근육을 만들려면 근육에 상처를 내야 하고 그 상처가 아물면서 근육이 만들어지기 때문이다. 몸에 시련을 잔뜩 준 다음 몸의 초과 회복 능력을 이용해서 근육을 키우는 것이다.

내가 생각하는 건강은 근육만 키우는, 과도한 외적 아름다움이 아니다. '복근이 있구나.' 싶은 정도의 복직근과 뒷모습에서 느껴지는 등 근육, 그리고 허벅지를 눌렀을 때 탄탄함을 느끼는 정도의 신체적 상태이다.

그동안 PT를 꾸준히 받으며, 난 '운동도 균형이 필요하다.'는 사실을 깨닫게 되었다. 선생님은 항상 강조했다. 근육을 만드는 것보다 중요한 것이 근육을 풀어주는 것이라고. 그래서 PT를 받고 나면 항상 적당한 유산소 운동으로 근육을 풀어주라고 당부하신다. 혹은 스트레칭도 좋다.

그래서 정리했다. 나에게 필요한 운동은 근력 운동과 유산소 운동, 그리고 스트레칭과 걷기 모두다. 스트레칭을 하면 근육을 부드럽게 만들고 뭉친 근육을 풀어줄 순 있지만 늘어나는 뱃살을 잡을 수 없다. 근력 운동을 하면 근육을 두드러지게 하고 몸을 이쁘게 만들 수 있지만, 과하면 건강을 해칠 수 있다.

심폐기능을 향상시키고 전반적인 몸의 상태를 좋게 하거나 체력을 키우려면 유산소 운동도 필수다. 혹자는 '운동'으로 쳐주지 않는 걷기 또한 바른 자세 유지나 몸의 전체적인 이완과 힐링에 필요한 활동이다.

◇ ◇ ◇
조화로운 삶이 건강한 삶이다

몸과 마음의 균형이 필요하듯 우리의 삶을 이루는 많은 활동도 균형을 이루어야 한다. 가정생활과 직장 생활 그리고 개인을 위한 시간이 함께 조화를 이루고 균형을 유지해야 한다. 사무실에 출근하면 업무 스위치를 켜고 잠시 가정 스위치를 꺼둔다. 그리고 퇴근할 때는 반대로 업무 스위치를 끄고, 가정 혹은 개인을 위한 시간으로 나의 정신과 활동을 전환해야 한다.

헬렌 니어링의 『조화로운 삶』에 소개된 그녀의 삶은 참고해볼 만하다. 그녀는 남편인 스코트 니어링과 함께 버몬트 시골로 들어가 자연주의의 삶을 산다. 그들은 조화로운 삶을 추구하며 노동시간을 반으로 줄이고 남은 시간은 자유 시간으로 썼다. 책을 읽고, 글을 쓰고, 햇살을 즐기고, 숲을 산책하고, 악기를 연주하면서. 방문객들 그리고 함께 머무는 사람 모두가 이 규칙을 따랐다. 4시간의 노동과 4시간의 자유가 그들이 '조화로운 삶'을 사는 방법이었다.

　　나의 조화로운 삶은 어떤 모습일지 그려본다. 가족들과 함께하는 시간, 친구들과 함께하는 시간, 그리고 온전히 나만을 위한 시간이 균형을 이룬 삶이다.

　　책을 읽으며 사고의 폭을 넓히고, 글을 쓰면서 내면을 단단하게 한다. 꾸준히 운동하며 몸을 단련하는 것도 게을리하지 않는다. 독서와 글쓰기를 하며 지적으로 건강한 삶을, 운동을 통해 신체적으로 건강한 삶을 산다.

　　나만의 방에서 온전히 나에게 집중하는 시간을 보내기도 하고, 여행을 통해 다양한 환경을 즐기기도 한다. 그림 그리기에 몰입하면서 나의 숨겨진 예술적 감수성을 꺼내보기도 하고, 아이들의 수학 문제집을 함께 풀어보면서 지적인 즐거움도 챙긴다.

　　감사하게도 지금 내가 사는 모습이 내가 바라는 조화로운 삶과 많이 다르지 않다는 생각이다. 균형 있는 삶, 조화로운 삶을 통해 건강하게 살아보자.

5

밀가루 똥배는 사양하고 장을 챙기자

"이 모든 걸 알아버린 이상 어떻게 밀가루를 다시 먹을 수 있겠는가."

다시 어지럼증이 생겼다. 열심히 운동하고 근육량이 최고치를 찍을 때 한동안 괜찮았는데 다시 빈혈 증상이 나타났다. 동네 병원을 찾았고 고함량 철분제를 처방받아 매일 아침 먹었다. 그런데도 어지럼증이 나아지지 않는다. 처방받은 약은 철분 용량이 꽤 되는데도 왜 개선되지 않을까?

◇ ◇ ◇

밀가루는 탈을 쓴 악마가 틀림없다

빈혈에 관한 이런저런 생각들로 가득할 때, 갑자기 바디프로필을 준비하던 때가 떠올랐다. 식단을 철저히 했고, 운동도 진짜 열심히 했었다. 체중은 줄었지만, 몸이 매우 상쾌했던 기억이다. 당연히 빈혈 증상도 없었다.

지금과 어떤 차이가 있는 걸까 생각해봤다. 혹시 '음식'에서 힌트를 얻을 수 있지 않을까? 바디프로필을 준비하며 제한된 식사만 했기에 식단의 차이가 원인일 수도 있을 거 같았다. 최근에 내가 뭘 많이 먹었지? 혹시 밀가루? 그럴 수 있을까? 진짜 밀가루인가? 나는 밀가루를 다이어트하려고 조절하거나 끊어야 하는 음식이라고만 막연히 생각했는데, 그게 다가 아닌 것 같다.

밀가루에 관한 부작용을 찾아본다. 내 눈에 들어온 건 바로 장 누수 증후군과 뇌로 가는 혈류량 감소다. 뇌로 가는 혈류량이 감소한다고? 혹시? 몸의 기제는 워낙 복잡하고 서로 영향을 주고받기에 하나의 원인이 특정 증상을 일으킨다고 할 수는 없겠지만 확실히 '밀가루'가 최근의 나의 저조한 컨디션의 원인일 수 있겠다 싶었다.

과자와 빵을 좋아하는 나는 평소에도 복부 팽만감과 더부룩함을 호소했고 빈혈과 만성피로를 달고 살았다. 이게 다 '밀가루'의 부작용인가 조심스럽게 생각해본다. 밀가루를 한 번 파헤쳐보기로 했다. 그래서 찾아 읽은 책이 바로 『밀가루 똥배』다.

이 책의 저자는 원래 심장병예방학 의사인데, 밀가루가 우리 건강에 미치는 해악을 알고 현대 밀의 진실을 폭로하기에 이른다. 내가 그랬던 것처럼, 독자 여러분도 아마 이 책을 읽게 된다면 밀가루가 너무 무서워질 것이고, 밀가루의 이중성에 경악하게 될 것이다.〔푹신푹신하고 우선 밀가루의 정체에 대해 알아보자. 오늘날 인위적으로 재배해 전 세계에 공급하는 밀은 대부분 멕시코시티 동부 시에라마드레 오리엔탈산맥 입구에 자리한 국제 옥수수 및 밀 육종 센터(IMWIC)가 개발한 계통들의 자손이라고 한다.

IMWIC에서 일하던 유전학자 노먼 볼로그는 생산성이 매우 높으면서도 길이가 짧고 단단해 식물이 직립 상태를 유지할 뿐만 아니라 이삭이 커도 쓰러지지 않고 버틸 수 있는 '왜소종 밀'을 개발하는 데 성공했다.

하지만 IMWIC는 유전자 구성이 극적으로 변화하는데도 새로 개발한 이들 새 유전 계통에 대해 동물이나 인간을 상대로 안전 검사를 전혀 수행하지 않았다고 한다. 여러 종류의 밀을 교잡해 만든 유전자조작 식물은 근본적으로 치명적일 수밖에 없는데도 말이다. 결국 글루텐 단백질의 특질은 상당히 변화했고, 이는 밀을 소비하는 인간이 겪는 다양한 건강 문제의 숨어 있는 원천일 수 있다.

이러한 현대의 밀이 우리 몸에 미치는 영향은 상당하며 한편으로 가히 충격적이다. 책에서 소개한 밀가루의 부작용을 정리해보면 다음과 같다.

첫째, 밀 폴리펩티드를 외생 모르핀 유사 화합물, 줄여서 '엑소르핀'이라고 부르는데, 밀의 '엑소르핀'은 정신분열을 일으킨다.

둘째, 밀 탄수화물인 아밀로펙틴 A는 어떤 음식보다 혈당을 급등시켜서 인슐린 분비를 촉진한다. 따라서 고혈당~고인슐린 주기가 되풀이되면서 지방을 축적하여 비만을 야기한다.

셋째, 글루텐을 구성하는 단백질의 하나인 글리아딘은 '조눌린'이라는 단백질의 장내 배출을 촉진하는데, '조눌린'은 장벽의 튼튼한 접합을 해체하는 능력이 있다. 즉, 밀의 글루텐 혹은 글리아딘은 내장의 단단한 접합을 약하게 만들고 유입되어서는 안 될 단백질과 성분들이 혈류로 흘러 들어가게 해서 소장의 건강을 해친다.

넷째, 셀리악병의 원인이 되기도 한다. 셀리악병의 증상으로는 포진성 피부염, 간 질환, 자가면역질환, 인슐린 의존성 당뇨병, 신경 장애, 영양 결핍 등이 있다.

다섯째, 특히 밀 탄수화물은 혈당과 인슐린을 극단적으로 올리고, 궁극적으로 인슐린을 생성하는 췌장의 능력을 손상시키고 결국 당뇨병에 걸리게 한다.

여섯째, 밀은 황산이 가장 많이 들어 있는 곡물 중 하나다. 산성 음식을 섭취하면 우리 몸은 산이 중화될 때까지 뼈에서 칼슘을 꺼내온다. 결국 뼈는 탈염되고 칼슘이 고갈되고 만다. 즉 밀은 끊임없이 뼈에서 칼슘을 빼내고 관절염을 야기한다.

일곱째, 혈당 및 AGE(최종당화산물) 상승을 촉진한다. AGE는 일종의 생물학적 노화 상태를 알려주는 지표이며 혈당이 상승할수록 AGE가 축적되고 노화 속도는 빨라진다. 즉, 혈당을 높이는 독특한 능력을 지닌 밀은 노화를 촉진한다.

그 외에도 밀은 심장병, 피부병의 원인을 제공하고 뇌 건강을 악화시킨다.

책을 덮자마자 나는 당장 밀가루를 끊었다! 이 모든 걸 알아버린 이상 어떻게 밀가루를 다시 먹을 수 있겠는가. 한동안 밀가루가 무서워서 입에 대지도 못했다. 스멀스멀 조금씩 밀가루 음식을 찾게 되었지만 늘 경각심을 가지고 밀가루는 되도록 먹지 않으려고 노력한다.

◇ ◇ ◇
장의 역할이 이렇게나 크고 중요할 줄이야

밀가루에 대한 이해는 '장'에 대한 관심으로 이어졌다. 찬찬히 생각해보니 건강한 삶은 '장 건강'을 전제하고 있는 게 아닌가. 평소 소화가 잘되고, 편안한 장 컨디션을 유지하며, 매일 규칙적으로 화장실에서 변을 보는 삶이 평범해 보이지만 얼마나 건강한 삶인지. 그동안 내가 '뇌'와 '근육'에만 관심을 두고, 장 건강에 너무 무심했던 것 같다.

이제는 '장'을 챙기려고 한다.

　장에 관한 도서들을 찾아보고 백과사전을 뒤져서 나름 공부한 내용을 정리해본다.

　첫째, 장에는 식도에서 항문에 걸쳐 신경세포가 광범위하게 분포하고 있으며 이를 '장신경계'라고 한다. 장신경계는 자율신경계에 속하며 교감, 부교감 신경을 간섭하기도 한다. 이는 장신경계가 뇌의 간섭 없이도 직접 장운동을 조절할 수 있다는 의미이다. 뇌와 맞먹는 중요성을 가지기에 장을 '제2의 뇌'라고 부른다.

　두 번째, 장은 주요한 신경전달물질을 분비한다. 특히 '행복 호르몬'이라 불리는 세로토닌의 95%가 장 세포에서 생산된다. 세로토닌은 기분, 통증, 식욕, 수면과 가장 밀접하게 연관된 신경 전달 호르몬으로 격한 마음을 차분하게 가라앉혀주고, 대뇌피질의 기능을 떨어뜨려 스트레스나 고민, 갈등, 잡념 등을 해소시키는 역할을 한다. 이 호르몬이 부족할 경우 우울증이 온다는 사실은 과학적으로 널려 알려져 있다. 우울증의 치료제가 세로토닌 성분이라는 사실은 세로토닌이 얼마나 정신 안정화에 중요한 물질인지를 말해주며, 결국 '장'이 얼마나 우리의 정신 건강에 중요한지 알려준다. 그 외 즐거운 경험, 혹은 기쁜 일을 할 때 분비되는 쾌락 호르몬인 도파민도 50%가 장에서 분비된다.

　세 번째, 우리 몸 안에 존재하는 미생물의 99%가 장에 산다. 한 사람의 장에 사는 미생물들의 총무게는 2㎏에 달하고, 그 수는 대략 100조에 이른다고 한다. 유익한 미생물들은 음식물을 쪼개어 소화를 돕고, 에너지를 만들어 장을 돌보며, 비타민을 생산하고, 독이나 약을 분쇄하고, 면역 체계를 훈련시킨다. 우리 장 속 유익균과 유해균의 이상적인 비율은 8:2라고 하니 유익한 미생물이 잘 번식할 수 있도록 그들의 거주지인 '장'을 최적의 환경으로 관리해줘야 한다. 특히 식이섬유는 유익균의 먹이가 된다. 채소와 과일 섭취를 통해 유익균에게 질 좋은 먹이를 제공하는 것은 결국 장을 건강하게 만드는 방법이다.

넷째, 장은 우리 몸의 최대 면역 기관이다. 장에는 우리 몸의 면역력을 좌우하는 면역 세포의 60% 이상이 존재한다. 면역의 기본 기제는 인체를 외부의 위험한 침입자로부터 방어하는 것이며, 나의 세포와 침입자 세포를 구분할 수 있어야 한다. 이러한 기능을 하는 것이 면역 세포다. 장이 건강해야 면역 기능이 좋아질 수 있다.

장의 역할이 이렇게나 크고 많을 줄이야. 장을 알면 알수록 정말 중요한 기관임을 깨닫게 된다. '면역'의 핵심이고, 호르몬을 조절하고 분비하는 대표 기관이 바로 '장'인 것이다.

장과 면역의 관계에 대해 찾아보다가 포브스 야요이의 『빵을 끊어라』를 읽게 되었다. 그에 따르면, 끈끈한 상태의 글루텐이 장 표면에 얇게 들러붙어서 장 기능을 떨어뜨린다고 한다. 장이 소화 흡수 작용을 못하니 당연히 장 표면의 글루텐도 소화될 수가 없다. 우리 몸의 면역 시스템은 이처럼 흡수되지 못하고 오랫동안 남아 있는 영양소를 공격하고 결국 염증을 일으키고, 이런 염증이 오래가면 장벽이 손상되며 결국 장에 구멍이 생기기도 한다고.

문제아인 '밀가루'가 다시 등장한다. 하… 이놈 끈질기네! 여러 가지 정황으로 판단하건대, 밀가루 때문에 장이 느슨해지고 틈이 생기는 게 확실하다.

장에 구멍이 생기면 영양소가 장에 효율적으로 흡수되지 못하고 장에 생긴 구멍을 통해 혈액으로 흘러 들어간다. 혈액으로 흘러 들어간 비자기 물질인 영양소 성분들과 각종 독소가 몸의 여러 곳에서 염증과 같은 이상 현상을 일으킨다. 결국 밀가루는 면역 시스템에까지 영향을 미치는 것이다.

장 누수를 발생시키는 다양한 원인이 있겠지만, 밀가루의 글루텐노 주요한 원인이 된다니 정말 밀가루는 탈을 쓴 악마가 아닐 수 없다. 장 건강을 위해서라도 밀가루는 멀리하자.

6

젊은 시절로 돌아가고 싶지 않아

"너와 나의 뇌가 다르니 네가 보는 세상과 내가 보는 세상이 다르다."

삼십 대 후반이 되면서 점점 우울과 무력감이 찾아왔다. 설단 현상이 시작되고, 깜빡깜빡하기도 한다. 나이가 들면서 자연스럽게 찾아오는 증상이므로 수긍하고 받아들이지만 기분이 좋진 않다. 나의 몸이 드디어 쇠퇴의 길로 들어가나 보다. 슬프지만 그냥 체념하고 살았다. 이런 나에게 어느 날 하나의 개념이 번뜩 떠올랐다. 그것은 바로 '뇌 가소성' 혹은 '신경 가소성'으로 불리는 개념이다. 나는 뇌에 대해 제대로 파헤쳐보기 시작했고 어느덧 나는 나이 듦을 긍정하게 되었다.

◇ ◇ ◇

즐거움과 행복이라는 감정도 뇌의 전기화학적 신호다

의식의 주체라고 생각되는 뇌를 대상화해서 독립된 개체로 바라보는 것은 낯설다. 의식과 무의식, 그리고 수많은 의사 결정이 1.4kg짜리 물질 덩어리에서 생겨난다니 정말이지 신기하지 않은가.

무엇보다, 내가 인지하는 세상이(소리, 영상, 냄새, 질감 등) 나의 감각기관이 보내오는 모든 전기화학적 신호들에 대한 뇌의 해석 결과라는 사실은 매우 신선하기까지 하다. 하물며 뇌는 그저 어두운 두개골의 암흑 속에 감싸여 있는데 말이다. 얼마나 아이러니한가.

감각기관이 받아들일 수 있는 신호만으로 우리는 이 세상을 인지한다. 이는 박쥐가 바라보는 세상과 개미가 바라보는 세상이 물리적으로는 같지만, 해석이 제각각 다르다는 사실을 말해준다. 너와 나의 뇌가 다르니 네가 보는 세상과 내가 보는 세상이 다르다.

만약 이게 사실이라면 내 인생의 행복 회로를 더욱 수월하게 설계할 수 있지 않을까. 즐거움과 행복이라는 감정도 뇌의 전기화학적 신호이므로 이 신호를 조작(?)하면 된다. 우리의 뇌를 속이는 것이다. 뇌의 신경 회로를 내가 원하는 삶을 추구하는 회로로 바꾸는 것이다.

◇ ◇ ◇

습관은 뇌 속 연결망들의 세부 구조를 바꾼다

뇌에 대해 제대로 알아보자는 생각으로 읽게 된 책은 바로 데이비드 이글먼의 『더 브레인』이다. 이 책은 PBC와 BBC의 〈데이비드 이글만의 더 브레인〉이라는 인기리에 방영된 방송의 핵심 내용을 담고 있다. 저자는 뇌과학계의 칼 세이건으로 불리는 유명한 학자이다. 책을 읽어보면 그렇게 불릴 만하다 싶어 고개를 끄덕일 수밖에 없다. 이 책은 내가 『코스모스』와 함께 으뜸으로 꼽는 과학 도서이기도 하다.

실재에 관한 이야기는 호기심으로 읽어 내려갔고, 알츠하이머와 인지능력의 퇴화가 직접적인 관련이 없다는 설명에 안도하며 더욱 열심히 책을 읽어야지 생각했다. 무의식이란 수많은 동일 신호에 대한 노출로 뉴런의 강한 연결 고리가 형성되면서 생겨나는 것이며 이런 뉴런의 연결 고리는 지금도 끊임없이 변화하고 있다는 설명에서는 가히 압도되었다.

특히 뇌의 동작 방식을 이해하면서 '습관'이 바로 뇌를 적극적으로 활용하는 최고의 방법임을 알게 된다. 에너지를 줄이려고 하는 인간 고유의 본능을 이용하는 것이다. 처음에는 에너지가 들어가는 활동이지만 습관으로 자리 잡히면 우리 몸은 에너지를 많이 소비하지 않고도 그 특정 행동을 수행할 수 있게 된다.

저자는 컵 쌓기 10세 미만 아동부 세계 챔피언인 오스틴 네이버의 사례를 소개한다. 그는 눈이 따라갈 수 없을 만큼 빠르고 유연한 동작으로 컵 쌓기를 5초 만에 완결해버린다.

한 줄로 겹쳐 쌓아놓은 12개의 플라스틱 컵들을 움직여 피라미드 3개를 만든 다음, 이어서 그 피라미드들을 컵 두 줄로 만들고, 그다음에는 겹쳐 쌓은 컵 두 줄을 커다란 피라미드 하나로 만들고, 이어서 원래대로 한 줄로 겹쳐 쌓는 그 과정을 5초에.

저자는 오스틴의 손놀림을 보며 그 복잡한 동작을 신속하게 해내기 위해 그의 뇌가 과도하게 일하면서 엄청난 에너지를 소비하는 중이라고 추측했다. 그래서 그와 직접 컵 쌓기 대결을 하면서 뇌 활동을 측정해보았다. 저자는 오스틴이 자기보다 8배나 빠른 속도로 해냈기에 훨씬 더 많은 에너지를 소비했으리라 추론한다.

하지만 의외로 과부하가 걸린 쪽은 오스틴의 뇌가 아니라 저자의 뇌였다. 저자는 새롭고 복잡한 과제를 수행하느라 엄청난 에너지를 소비한 반면, 오스틴의 뇌파는 휴식할 때 발생하는 알파파 구역의 활동이 강했다. 오스틴의 동작들은 빠르고 복잡했지만 예상과는 다르게 그의 뇌는 평온했다.

언뜻 평범해 보이는 이 사례는 나에게 실로 놀라움 그 자체였다. 흥분되었다. '습관'에 대한 나의 믿음은 이 책을 읽고 나서 더욱 단단해졌다. 새로운 행동을 반복하다 보면 그 행동은 의식 아래로 가라앉아 물리적 하드웨어가 된다. 근육도 관여하지만 중요한 것은 뇌 속 연결망들의 세부 구조이다.

습관은 이 뇌 속 신경망의 구조를 바꾼다. 이러한 활동은 빠르고 에너지 효율이 높다. 우리의 몸이, 우리의 뇌가 좋아하는 행동들이다.

◇ ◇ ◇

점점 나아질 수 있다는 과학적 확신

'가소성'이란 외력에 의해 변한 물체가 외력이 없어져도 원래의 형태로 돌아오지 않는 물질의 성질로, 예를 들면 찰흙으로 형태를 빚으면 다시 이전의 형태로 되돌아가지 않는 현상과 같다. 뇌 혹은 신경도 이러한 '가소성'의 성질을 가진다. '신경 가소성'은 성장과 재조직을 통해 뇌가 스스로 신경 회로를 바꾸는 능력이며 당연히 한 번 변형된 회로는 이전의 형태로 되돌아가지 않는다.

우리의 뇌는 환경에 반응하고 적응하도록 진화되어왔다. 이러한 신경 가소성을 잘 이해하면 내가 스스로 나의 신경 회로를 바꿀 수 있다. 한마디로 신경 가소성을 이용해서 나의 뇌를 스스로 디자인할 수 있는 것이다.

삶의 모든 순간에 뇌가 동작한다. 뇌 속 연결망들이 부지런히 움직인 결과로 우리는 느끼고, 자각하고, 행동한다. 수십억 개의 전기화학적 신호들이 뉴런의 한쪽 끝에서 반대쪽 끝으로 질주하여 뉴런 사이의 연결부에 화학적 펄스를 유발한다. 우리의 단순한 행동의 기저에는 뉴런의 막대한 노동이 있는 것이다. 우리는 뇌 속 뉴런의 활동을 알아채지는 못하지만, 우리의 삶은 우리 두개골 안에서 일어나는 활동에 의해 빚어지고 채색된다.

우리의 모든 감정과 무의식 등 행동에 영향을 주는 뇌의 판단은 결국 가장 강한 배선을 가진 뉴런의 화학적 펄스에 기인한다. 이게 핵심이다. 이는 바로 '습관'이다. 우리가 행동 습관, 마음 습관을 들인다는 건 이 강한 배선을 만드는 작업이다. 나는 인지하지 못하지만 뇌는 내가 습관에 의해 만들어놓은 배선으로 화학적 펄스를 보내고, 결국 내가 원하는 감정으로 해석하고, 내가 평소에 가졌던 이상적인 방향으로 무의식을 조종하게 되는 것이다.

◇ ◇ ◇
더 이상 젊지 않아서 기쁘다

우리는 눈에 보이는 '노화' 현상에 속상해한다. 하지만 그리 실망할 필요는 없다. 노화는 전체 득실에서 따져봤을 때 성공적인 변화이기 때문이다. 특히, 뇌의 노화란 한 방향으로만 가는 과정이 아니라 재조직하고 가소성을 지속하는 복잡한 현상이다. 나이가 들지만 뇌는 우리를 더욱 지혜롭게 하고 행복하게 만들어주기도 한다.

'노화'라는 주제에 한참 관심이 있을 때 발견한 책은 『가장 뛰어난 중년의 뇌』였다. 이 책은 중년 혹은 노화를 바라보는 나의 관점을 완전히 바꿔놓았다.

저자는 중년의 뇌가 청년의 뇌보다 명백히 우수한 부분이 있다고 이야기한다. 우선, 중년의 뇌는 양측 편재화, 즉 까다로운 문제를 마주하면 뇌의 한쪽만 쓰는 대신 양쪽 모두를 사용하는 능력이 발달하기 시작한단다. 두 번째, 신경섬유를 둘러싸는 지방질 피막인 미엘린의 꾸준한 증가가 중년을 지혜롭게 만든다고.

그리고 중년이 느끼는 평온함은 '편도'를 이해하면 된다. 나이를 먹으면 삶에 남은 시간이 전보다 적다는 것을 훨씬 더 많이 자각하기 때문에 감정적으로 안정을 유지하는 것이 훨씬 더 중요해진다고 믿는다. 따라서 편도는 안정을 유지하기 위해서 나쁜 것은 비켜 가고, 좋은 것에 초점을 맞추니 바로 이 편도의 기제가 중년이 느끼는 평온함의 실체다.

이름을 기억해내지 못한다는 사실에 늙어감을 한탄하는 것이 아니라, 양쪽 뇌를 동시에 사용할 수 있게 되고, 미엘린 증가에 따른 지혜가 발달하고, 감정적으로 안정을 추구하려는 편도가 있기에 나의 중년이 이전보다 더욱 행복하다는 사실에 만족한다. 나는 더 이상 젊지 않아서 기쁘다. 다시 젊은 시절로 돌아가고 싶지 않다.

운동은 제 인생의 터닝 포인트예요

저는 대체로 건강한 편이었습니다. 그래서 어렸을 때부터 '운동'에는 별 관심이 없었어요. 저는 늘 튼튼했거든요. 어른이 되고 나서는 그런 제 몸을 이용하기 시작했고 이십 대 중반, 직장 생활을 시작하면서부터는 더욱 혹사시켰습니다. 그러다 결국 한계에 다다랐어요.

아침에 일어나는 것 자체가 고통스러운 지경까지 이르게 됩니다. 그것도 이십 대 후반의 나이에 말입니다. 온몸이 쑤셨어요. 잘 때도 몸이 아프다는 느낌을 받으며 뒤척거리곤 했습니다. 그나마 자기 전 스트레칭 10분이 아침에 일어나는 고통을 줄여주었습니다. 그 고통을 없애려고 겨우 하루 10분씩 스트레칭을 했습니다.

마흔에 접어드니 이제는 자괴감마저 듭니다. 뱃살은 늘어지고 몸매는 ET처럼 변해갑니다. 매일 저녁 샤워를 할 때마다 거울에 비친 제 몸을 보는 게 너무 싫었어요. 더는 이렇게 추하게 나이 들고 싶지 않다는 생각을 강하게 했습니다. 나중에 후회하지 않기 위해, 더 늦기 전에 몸을 갱생시켜야겠다고 생각하며 두 주먹을 불끈 쥐었습니다.

그래서 제대로 운동을 시작했고, 근육도 열심히 만들었습니다. 몸에 관한 공부도 하면서요. 운동은 정말 제 인생의 터닝 포인트가 되었습니다. 이제는 거울에 비친 제 모습을 볼 때마다 기분이 좋습니다. 중년의 나이지만 운동을 시작하기에 결코 늦은 게 아니란 걸 알고 나니 몸을 사리기보다 다음엔 어떤 운동을 시작해볼까 설레기까지 하답니다.

여러분도 저와 함께 '운동'에 한번 제대로 빠져보지 않으시겠습니까? 근육의 중요성은 정말 강조하지 않을 수 없습니다. 더 말 안 해도 이제 다들 아시죠? 근육이 얼마나 중요한지. 근육이 감소하는 마흔의 나이에는 더더욱이요. 더 늦기 전에 운동하고 근육을 만들고 건강하고 조화로운 삶을 살아보자고요.

건강한 삶을 위한 실천

1. 건강한 신체를 만들자

   - 아침엔 스트레칭

   일어나자마자 따뜻한 물 한잔을 마신 뒤 스트레칭과 간단한 맨손 근력 운동을 진행해보자. 하루를 기분 좋고 활기차게 시작할 수 있다.

   - 주 2~3회 근력 운동

   초보라면 PT 수업을 통해 운동하는 법을 배우는 걸 추천한다. 익숙해진 뒤 혼자서 운동하면 된다. 피트니스센터 혹은 집에서 자신의 루틴을 만들어서 근력 운동을 하자.

   - 주 2~3회 유산소 운동

   심박수를 최대 심박수의 70%로 올려주는 주기적인 유산소 운동은 심폐기능을 좋게 하고 삶에 활력을 준다. 러닝머신도 괜찮고 수영이나 달리기도 좋은 운동이다.

- 주 1~2회 1시간 걷기

걷기와 같은 리듬감 있는 움직임은 몸에서 '행복 호르몬'으로 알려진 '세로토닌'을 분비하게 만든다. 주말엔 가족과 함께 공원을 걸어보자.

2. 잘 쉬어주자

- 뇌를 쉬게 하자

피로감을 없애는 방법은 바로 뇌를 쉬게 하는 거다. 핸드폰은 잠시 옆에 두고 '지금, 이 순간 온전한 나'에 집중해보자. 뇌의 디폴트 모드 네트워크를 활성화시키자.

- 내 영혼에 기쁨을 주는 활동을 하자

흠뻑 빠질 수 있는 취미 생활을 찾아보자. 책 읽기도 좋고 운동도 좋다. 뭐든 내 영혼에 기쁨을 주는 활동이라면 그 시간은 내가 쉬는 시간이다.

- 조화로움을 추구하자

열심히 일하고 나면 여유를 찾아 즐거움도 누려라. 가족과 주변 사람들과 어울리는 시간을 가지고 나면 온전히 나를 위한 시간도 마련해라.

3. 건강하게 먹자

- 밀가루를 삼가자

백해무익한 밀가루는 되도록 먹지 말자.

- 단백질과 채소, 그리고 좋은 탄수화물을 섭취하자

단백질과 채소를 충분히 챙겨 먹자. 탄수화물을 먹는다면 감자, 고구마, 잡곡 등 건강한 복합 탄수화물 위주로 먹자.

- 장 건강을 챙기자

유산균을 챙겨 먹고, 자극적인 음식을 삼가는 등 장을 편하게 해주는 습관을 들이자. 장은 면역의 핵심이고 호르몬을 조절하고 분비하는 대표 기관이라는 것을 잊지 말자.

3장

마흔의 슬기로운 소통

제시카는 좋은 사람과 만나고 나와 잘 지낸답니다

성공과 성취를 바라며 앞만 보고 달리다가 마흔이 되어서야 비로소 속도를 늦추고 주위를 둘러보는 여유를 갖게 되었습니다. 아무리 생각해도 내가 바라는 것은 한마디로는 '행복'이지만, 이는 결국 나를 포함하여 내 주변 사람들과 잘 지내야 비로소 얻게 되는 것이더라고요. 나의 감정을 이해하고 표현하며 나와 적극적으로 소통하는 자세도 필요합니다. 저는 오늘도 좋은 사람을 만나고 유쾌한 시간을 보내고 가끔 혼자만의 시간을 여유롭게 즐기며 풍요로운 소통의 삶을 살아갑니다.

1

마흔, 풍요로운 소통이 자리 잡는 시기

"제대로 된 소통은 진정성을 가진 진솔한 대화에서 시작된다."

남편과 대화가 잘되고 아이들과 편하게 이야기 나누고 직장 동료와 그리고 주변의 친구와 소통이 잘될 때 나는 잘 살고 있다고 느낀다. 나와의 관계도 마찬가지다. 무엇보다 나와의 소통이 제일 중요하다. 인생을 사는 지혜는 거창하지 않다. 실천이 쉽지 않을 뿐. '잘 사는 것은 잘 소통하는 것'이라는 아주 단순한 진리를 실천하며 살고자 한다.

◇ ◇ ◇

우리는 세상과 소통해야 하는 존재다

나는 소통을 좋아하지 않았다. 젊은 시절 내내 효율성으로 무장된 삶을 살았다. 소통에 필요한 시간은 비효율적인 시간이었다. 답이 나오지 않는 주제를 가지고 시간을 보내며 대화하는 것은 내 취향이 아니었다. 두리뭉실함을 싫어했다. 명료함이 최고다.

그러다 보니 혼자만의 공간으로 숨어들었다. 혼자 보내는 시간이 마음도 편하고 좋았다. 편안했다. 누군가를 설득하려고 애써 수고할 필요도 없고, 쓸모없는 우스갯소리를 들으며 시간을 죽일 필요도 없었다. 그런 시간은 낭비라고 생각했다.

그러면서도 소통이 사라지면 외롭고 재미가 없었다. 회사에서 시간 가는 줄 모르며 열심히 일할 때는 뿌듯하다가도, 퇴근길엔 가끔 외로움이 찾아왔다. 남편과 가볍게 대화하며 저녁을 먹은 뒤 각자의 노트북을 가지고 자기만의 공간으로 들어가고 나면, 몸은 자유롭지만 뭔가 허전했다. 아이 친구들 그리고 엄마들과 키즈카페서 놀며 수다를 떨다가 그들과 헤어져 집으로 돌아오는 길에 아쉬움이 밀려왔다. 이런 감정들이 쌓이고 쌓였고 나는 어느덧 마흔이 되었다.

곰곰이 생각해본다. 젊은 시절 내가 왜 소통에 서툴렀는지. 나는 철저하게 우리나라 교육 시스템에 길들여진 사람이었다. '공부'만 알아주는 세상. 나는 공부야말로 시간을 가장 효율적으로 보내는 방법이라고 굳게 믿었다.

좋은 점수를 받기 위해 공부했고, 뭐든 열심히 하면 할수록 좋은 결과를 얻었으며, 내 삶은 좋은 방향으로 나아갔다. 친구와 어울리는 것을 싫어하지는 않았지만 그런 시간을 적극적으로 가지려고 하지도 않았다. 그 시간에 공부해서 하나라도 더 익히는 게 바람직하다 느꼈다.

그게 시간을 효율적으로 보내는 현명한 방법이라 생각했다.

그런데 이제는 안다. 그 믿음이 이제는 틀렸다는 사실을. 인간은 세상과 소통을 해야 하는 존재임을 깨달았다. 소통 속에 행복이 있다는 사실을 이해하게 되었다.

◇ ◇ ◇

보고 싶으면 '그냥'이라고 말해보자

'인간은 사회적 동물'이라고 어릴 적 때부터 배운다. 너무 당연해서 별 감흥이 없는 문장이다. 늦은 감이 있지만 제대로 백과사전식 해석을 찾아보자. '인간은 개인으로 존재하고 있어도 홀로 살 수 없으며, 사회를 형성하여 끊임없이 다른 사람과 상호작용을 하면서 관계를 유지하고 함께 어울림으로써 자신의 존재를 확인하는 동물이라는 의미의 용어'라고 한다.

나는 어릴 적부터 막연히 인간이 홀로 존재할 수 없는 이유가 의식주와 같은 기본적인 욕구를 해결하려면 서로 협력이 필요하기 때문이라고 생각했다. 부끄럽지만 아이였을 때 가졌던 순수한 생각을 어른이 되어서도 그대로 유지하고 있었다.

하지만 같은 문장을 바라보는 내 시선이 바뀌었다. '상호작용'이라는 단어 그리고 '자신의 존재를 확인하는 동물'이라는 문구가 이제야 눈에 들어온다. 그래! 인간은 끊임없이 상호작용을 해야 하는 존재다. 그리고 함께 어울림으로써 자신의 존재를 끊임없이 확인하는 동물이다.

늦은 나이에 상호작용을 실천해보기로 한다. 그런데 습관이 참 무섭다. 이제까지 적극적으로 주변 사람들과 대화하거나 소통하려고 시도를 해보지 않았더니 막상 어떻게 해야 할지 감이 오지 않는다.

보고 싶은 사람, 목소리 듣고 싶은 사람에게 나의 호감을 어떻게 표현할지 막막했다. 그러다 어느 날 이기주 작가의 『언어의 온도』를 읽으며 좋은 방법을 찾았다. '그냥'이라고 얘기하는 거다.

"그냥이란 말은 대개 별다른 이유가 없다는 걸 의미하지만, 굳이 이유를 대지 않아도 될 만큼 충분히 소중하다는 것을 의미하기도 한다."

목소리 듣고 싶은 사람에게 전화해서 '그냥' 전화했다고 해본다. 보고 싶은 사람에게는 전화해서 만나자고 한다. 밥 사주겠으니 나오라고 한다. 왜냐고? '그냥~~.' 참 좋은 말이다. 그때부터 나는 사람들과 소통을 시도하면서 '그냥'의 도움을 많이 받았다.

◇ ◇ ◇
소통에 관한 통찰이 주변에 가득하다

'소통'이 나의 인생 화두가 된 순간부터는 온통 내 주변엔 '소통'에 관한 통찰로 넘쳐난다. 내 손에 든 책들이 모두 '소통'에 관한 깨달음을 담고 있는 것이 아닌가. 덕분에 내 일상이 다양한 소통으로 채워지면서 삶이 풍요로워졌다.

『이반 일리치의 죽음』을 읽었다. 주인공 이반 일리치의 삶은 무엇이 문제였을까 곰곰이 생각해본다. 왜 그는 죽음을 받아들이지 못하고 죽기 직전에 그토록 온몸으로 몸부림치며 주변 사람들을 증오했을까. 그의 삶에는 '소통'이 빠져 있었기 때문이다.

부인과 소통하지 않았고, 딸과 아들과 대화가 없었다. 그는 적당히 혼자 만족스러운 삶을 살았고 시선은 항상 자신을 향해 있었다. 동료나 가족에게 마음으로 다가가지 않았고 그럴 필요도 느끼지 못했다.

좋은 인생, 죽을 때 후회 없는 인생이란 내 옆의 사람들과 마음을 나누는 데 있다는데…. 이반 일리치가 법원에서 승진과 좋은 자리를 욕심내기에 앞서 부인이 짜증 내는 이유가 뭔지, 딸이 어떤 생각을 하고 있는지를 평소 함께 나누었다면, 죽음 앞에서 부인과 딸에게 그토록 화가 치밀지 않았을 것이다.

평소에 아들과 함께하는 시간을 많이 가졌다면, 죽음을 앞둔 아버지에게 와서 손을 잡아준 사랑스러운 아들을 보며 안타까움과 후회가 그를 고통스럽게 하지 않았을 것이다. 이 책은 우리에게 '죽음'에 대해 생각게 하는 책으로 유명하다. 이는 '삶'에 대한 생각으로 이끈다.

죽기 직전에 자기의 삶을 돌아보게 된다는 내용 면에서 또 한 권의 책이 떠오른다. 존 윌리엄스의 『스토너』가 그 책이다. 스토너의 실패한 결혼 생활은 결국 그가 초래한 삶이다. 괴이한 행동을 보이는 부인이 결혼 생활 파탄의 원인으로 그려지지만, 이는 순전히 이 소설이 스토너 본인의 시점으로 그려져 있기 때문이다. 객관적으로 봤을 때, 전혀 대화를 시도하지 않는 스토너도 문제다. 그리고 그로 인해 부인의 행동이 더 기괴해져 간다. 그는 말한다. "그런 걸 배운 적 없으니까…." 맞다. 소통도 배워야 하는 그 무엇이다.

나는 과연 인생을 살면서 소통의 방법을 배우고 실천하려고 하는가? 가족과 주변 사람들과 대화하려고 노력하는가? 세상과 적극적으로 소통하려고 하는가? 『스토너』에서 내가 얻은 깨달음은 결국 후회하기 전에 가족과 대화하고 세상과 소통하라는 것이었다.

최근에 읽은 『불편한 편의점』의 마지막 문구도 빠뜨릴 수 없는 명문장이다. "결국 삶은 관계였고 관계는 소통이었다." 내 옆의 사람들과 마음을 나누고 소통하며 사는 것이 결국 행복하게 사는 최고의 방법이다.

니체의 가르침에도 '소통'은 빠지지 않는다. "우리는 몸을 통해 삶을 체험하고 느끼며 다른 사람과 소통하며 살아가야 한다. 굳건한 땅 위에 튼튼한 발로 다시 서야 한다."

◇ ◇ ◇

어떤 대화로 소통을 시작하면 좋을까?

잘 소통하는 것이 잘 산다는 것임을 이제는 안다. 그렇다면 잘 소통한다는 것은 도대체 뭘까? 소통이란 진솔한 대화라고 생각한다.

그냥 의미 없는 수다는 소통이라 보기 힘들다. 제대로 된 소통은 진정성을 가진 진솔한 대화에서 시작된다. 누군가와 이야기를 나누고 있지만, 주변부만 맴도는 이야기를 할 때도 많다. 피상적인 대화 말고 근본적인 주제로 이야기 나눌 때 나는 상대방과 제대로 소통하고 있다고 느낀다.

우리는 인간의 본질에 관한 질문을 통해 진정한 대화를 나눌 수 있다. 4장에서 얘기할 소주제이기도 하지만, 내가 제일 좋아하는 질문은 '당신은 어디에 미쳐 있나요?'이다. 이는 열정을 가지고 탐닉하는 대상이 있는지 묻는 말이다.

열정을 가지고 무언가를 열심히 하는 사람은 인생을 진지하게 살아가는 사람이다. 나는 이 질문에 대답할 수 있는 사람이라면 인생을 잘 살고 있다고 생각한다. 이 질문은 그런 열정을 가지지 않은 사람에게는 뜨끔한 질문이다. 그는 지금부터라도 열정을 가지고 임할 수 있는 게 뭐가 있을지 고민하고, 자신의 인생에 대한 진지한 생각을 시작하게 될 것이다.

　이런 대화는 충만한 이야기로 연결되고, 인생에 대한 각자의 가치관을 공유하고, 결국 서로를 이해함으로써 우리는 깊게 연결된다고 느낀다.

　또한 '100세 시대에 남은 인생은 나를 위해서 무엇을 하면서 살 거야?'라는 질문도 좋겠다. 누군가의 누구가 아니라 나 자신의 이름으로 당당히 불릴 수 있는 일이 있어야 한다.

　나는 책을 좋아하니 평생 책을 읽고, 운동하고, 그림을 그리며, 그런 내 이야기를 끊임없이 글로 표현하고, 내가 사랑하는 사람들과 소통하고, 대화하며, 유쾌한 삶을 살겠다고 당당히 말할 수 있기를 바란다. 내 이름 석 자와 내가 좋아하는 일들을 함께 내 명함에 당당히 새겨넣어서 죽을 때까지 들고 다니며 나를 알리고 싶다.

　모임 친구와 각자의 꿈에 관한 이야기를 나눠도 좋다. "나의 꿈은?" 꿈이란 아이와 청년만 가지고 있는 게 아니다. 삶을 살아가는 누구나 다 꿈을 가진다. 지미 카터의 말이 떠오른다. "후회가 꿈을 대신하는 순간부터 우리는 늙기 시작한다." 이 문구를 함께 곁들여 얘기한다면 우리의 대화는 더욱 충만해질 것이다. "에잇, 이 나이에 무슨 꿈."이라거나 "내 아이가 좋은 대학 가는 거."라고 답하는 친구가 있다면 진지하게 자신이 좋아하는 것을 찾으라고 조언해주자. 자신의 인생을 찾고 꿈을 가지라고 응원하자.

　결국은 내가 어떤 걸 좋아하는지, 뭘 할 때 내가 가장 행복한지를 타인과 공유할 때 진정성 있는 대화가 가능하다. 대표적으로 취미, 여행, 운동이 될 수 있겠다. 주식 이야기, 아이 시험 이야기, 정치 이야기, 쇼핑 이야기도 가볍게 나누기 좋겠지만 진정한 소통으로 이어지기 힘든 주제라고 본다. 진정한 자아를 표출하며 함께 나눌 수 있는 주제가 좋다.

　가끔은 이러한 시도가 엄청나게 어렵게 느껴질 수 있다. 자신이 바보 같아 보일 거라는 두려움, 사람들이 나를 비웃을지 모른다는 걱정이 앞선다. 그런 어려움은 극복하기 쉽지 않다. 하지만 한번 하면 두번, 세 번은 어렵지 않다. 해볼 만하다. 잘 산다는 것은 잘 소통하는 것이고, 진정성 있는 대화를 통해서 잘 소통할 수 있다.

2

유쾌한 혁명을 작당하는 모임이 필요해

"수다에서 시작하여 건설적인 대화로 이어지는 유쾌한 공동체는 인간을 위대하게 만든다."

직장을 다니고 엄마와 아내 역할을 하며 바쁘게 살면서, 한편으로 '행복'이란 스스로에게서 찾는 것이라 여기며 자기 만족적인 삶을 동경했었다. 하지만 점점 나의 '행복'에 타인이 필요하다는 사실을 알게 되었다. 타인으로부터 얻는 기쁨이 크다는 사실을 깨달았다.

◇ ◇ ◇
행복은 타인으로부터 온다

혼자서 고민하고 질문하며 돌고 돌아 스스로 내린 인생의 목적은 결국 '행복'이다. 자유로운 삶, 명예로운 삶, 이타적인 삶 혹은 부나 명성을 좇는 삶 또한 자신의 '행복'을 추구하는 행위이다. 그리고 행복엔 타인이라는 존재가 필요하다. 즉, 행복은 타인으로부터 온다. 누군가와 협력하고 유대하고, 함께 공감하고 따뜻한 마음과 즐거움을 공유할 때 우리는 행복하다.

　그런데 정작 사회는 타인을 경쟁 상대로 여기도록 종용한다. 우리 주변은 '적자생존'이라는 개념이 지배하고 있다. 삶이란 끊임없는 경쟁의 연속이고, 우리는 이 경쟁에서 살아남기 위해 노력해야 한다고. 학교에서도 1등을 하려고 친구와 경쟁하고, 직장에서는 다른 팀, 같은 팀 내에서도 옆에 앉은 직원보다 높은 고과를 받기 위해 눈치 보고 경쟁한다.

　그런데 최근에 새로운 주장들이 많이 나왔다. 연대와 협력, 다정함이 인간의 본성이라고 이야기한다. 진화론이란 협력하는 집단이 살아남는다는 사실을 증명하는 이론이며, 신뢰와 협력의 문화가 오히려 진화론에 부합한다는 주장이다.

　『다정한 것이 살아남는다』에서 저자는 말한다. "적자생존은 틀렸다. 진화의 승자는 최적자가 아니라 다정한 자였다." 우리 종은 더 많은 적을 정복했기 때문이 아니라 더 많은 친구를 만듦으로써 살아남았다고 한다. 친화력이 필요하다고 말한다.

　우리는 행복해야 할 도덕적 의무가 있다. 내가 행복해야 내 주변 사람도 행복해지기 때문이다. 만약 내가 행복하지 않으면 상대도 우울해지고 연쇄적으로 나 또한 불행한 마음이 커진다. 그리고 주변 사람의 행복은 나를 더 행복하게 만들어준다.

행복해지고 싶기에 행복은 타인에게서 온다는 사실을 늘 기억한다. 타인과 즐거운 유대를 만들고 협력하고 연대하며 진솔하게 대화하고 서로를 챙기며 즐거움을 함께한다.

◇ ◇ ◇

사회적 유대는 우리를 행복하게 한다

앞에서 말한 것처럼 행복의 가장 중요한 요소 중 하나가 사회적 유대이다. 이와 관련된 연구는 쉽게 찾아볼 수 있다. 사회적 유대는 건강, 행복, 장수와 밀접한 관련성을 가지기도 한다. 사회적 유대가 탄탄한 사람일수록 질병에 덜 걸리고 덜 우울하고 인생을 더 많이 즐긴다.

세실 앤드류스의 『유쾌한 혁명을 작당하는 공동체 가이드북』은 행복을 부르는 4대 요소를 소개한다. 그는 행복이 서로 긴밀한 연관성을 가진 4대 요소로 구성된다고 한다. 4대 요소란 관계(Connection), 소명(Calling), 유희(Celebration), 통제(Control)를 말한다.

관계 : 가족, 친구 그리고 시민 활동을 포함해 타인과 맺는 사회적 관계가 필요

소명 : 급여를 받는 안 받든, 의미와 목적을 부여하는 일이 필요

유희 : 일상생활에서 느끼는 즐거움과 기쁨이 필요

통제 : 민주적으로 사는 것

우리는 이런 4가지 요소를 잘 갖추고 있을 때 행복을 느낀다. 각 항목을 자세히 살펴보면 이들은 모두 사회적 유대를 통해 얻을 수 있는 것들이다. '관계'는 두말할 것도 없다. '일'과 관련된 '소명' 또한 상대 즉 타인을 필요로 한다. '유희' 또한 함께하는 이가 있을 때 즐거움은 더욱 커진다. '통제'는 민주 시민으로 사는 것이므로 당연히 사회를 필요로 한다.

◇ ◇ ◇

모임은 인간을 위대하게 만든다

사회적 유대를 도모하며 타인과 대화를 나누는 모임을 나는 '유쾌한 공동체'라 부른다. 세실 엔드류스의 『유쾌한 혁명을 작당하는 공동체 가이드북』에서 따온 말이다. 이 얼마나 적확한 단어인가. 우리의 삶에는 '유쾌한 공동체'가 필요하다.

유쾌한 공동체는 인간을 위대하게 만드는 힘이 있다. 역사적 위인들도 모임을 통해 성장했다는 사실은 이미 널리 알려져 있다.

대표적으로 『나니아 연대기』의 작가 C. S. 루이스와 『반지의 제왕』을 쓴 J. R. R. 톨킨의 '잉클링스(Inklings)'는 유명하다. 1926년 옥스퍼드 영문학과 정교수였던 톨킨은 어렸을 때부터 북유럽 신화 연대기에 빠져 있었고 직접 요정과 마법사에 대한 작품을 쓰기에 이른다. 그는 자신의 작품을 그의 오랜 스승에게 보여주지만, 스승은 톨킨에게 학자로서의 경력에 도움이 되지 않는다며 그만두라고 충고한다.

톨킨은 이에 굴하지 않고 북유럽 신화에 관심이 있다는 사실을 알게 된 루이스라는 신참 교수에게 자신의 작품을 소개한다. 그 후 그들은 뜻이 맞는 친구들과 함께 집필 중인 작품을 서로 읽고 토론하거나 친목을 다지는 '잉클링스'라는 친목 모임을 만들었다.

잉클링스 멤버들은 루이스의 방에서 매주 목요일 밤마다 정기 모임을 열었다. 맥주를 마시며 인생을 논하며 수다 떨고 대화하며 작품을 낭독하고 품평하며 비판과 격려를 주고받았다. 이 모임 덕에 우리는 잉클링스에서 처음 낭독되었던 '반지의 제왕'을 만날 수 있게 된 것이다.

버지니아 울프의 '블룸즈버리 그룹'도 널리 알려져 있다. 1899년 가을 케임브리지의 트리니티 칼리지에서 출발한 젊은 지식인들의 모임인 '블룸즈버리 그룹'은 케임브리지대학 남성들과 킹스칼리지런던 여성들로 구성된 느슨한 친인척 집단으로 작가, 지식인, 철학자, 예술가들의 모임이었다.

버지니아 울프는 그룹의 자유롭고 활달한 분위기에 매혹됐으며, 이 모임을 통해 화려한 지적 성장의 계기를 마련한다. 특히 아버지와 애증의 관계였던 그녀는 1904년 아버지가 사망하자, 그룹의 구성원이었던 언니, 오빠와 함께 런던의 블룸즈버리에 있는 집으로 이사하고 드디어 '공적인' 글쓰기를 시작한다. '블룸즈버리 그룹'에서의 활동은 울프에게 자신의 세계를 창조하기 위한 출발점이 된다.

미국의 정치가이자, 워싱턴과 함께 건국의 아버지로 불리는 벤저민 프랭클린의 '전토JUNTO' 모임도 빼놓을 수 없다. 프랭클린은 형이 운영하는 인쇄소의 인쇄공으로 시작해 출판업자, 저술가, 신문 발행인, 철학가, 외교관, 그리고 발명가 등 다양한 분야에서 명성을 떨친 인물이다.

그는 17살에 인쇄소 경영을 시작하면서 재능 있는 사람들을 모아 비밀결사라는 뜻의 사교클럽 '전토'를 만든다. 금요일 저녁마다 다양한 계층과 다양한 직업을 가진 이들을 집으로 초대해 그들과 시시콜콜한 이야기부터 도덕이나 정치 혹은 자연철학에 대해 열띤 토론을 벌였다.

몇 년 전에 많은 인기를 누렸던 TV 프로그램인 〈알쓸신잡〉 또한 바로 유쾌한 공동체의 하나다. 이는 보통 사람인 우리가 결성할 수 있을 만한 바람직한 모임의 모습이 아닐까. 〈알쓸신잡〉에서 우리는 패널들의 수준 높지만 유쾌한 대화를 보면서 즐거워했다. 프로그램에 참여한 패널들이 너무도 부러웠던 건 나뿐만이 아닐 것이다. 나도 좋은 사람들과 함께하는 저런 모임에 참여하고 유쾌한 대화를 나누고 싶다.

수다에서 시작하여 건설적인 대화로 이어지는 유쾌한 공동체는 인간을 위대하게 만든다. 가벼운 모임으로 시작했지만 대화는 다양해지고 깊어진다. 혼자서는 하기 힘든 것도 함께라면 뭐든 해낼 수 있을 것 같다. 시나브로 우리는 서로의 역량을 최대치로 끌어올리는 데 도움을 준다.

◇ ◇ ◇

유쾌한 공동체를 만들어보자

유쾌한 공동체를 만들 수 있는 방법을 찾아본다. 내 주변의 사람들이 모임을 함께할 수 있는 이들이다. 비슷한 관심사를 찾고 주도할 사람을 정하고 어떤 형태로 운영할지를 결정하면 된다.

대표적으로는 독서 모임이 있다. 가장 시작하기 좋은 형태다. 책을 좋아하는 사람만 찾으면 된다. 함께 읽을 책을 정하고 책을 읽은 뒤 단상을 공유하고 더 나아가 다양한 생각을 나눈다. 멤버들의 작은 생각과 통찰이 모여서 나를 자극하니 시나브로 나의 편협된 시각은 광활해지고 동시에 나는 겸손해지고 마음은 따뜻해진다.

각자 읽은 책을 소개하는 방식도 좋다. "내가 읽은 책은 ○○야, 내가 읽은 책을 소개해볼게." 두구두구두구~~ 어떤 책이 이 친구를 유혹했을지 궁금하지 않을 수 없다.

스터디 모임도 좋은 방법이다. 함께 공부하고 싶은 대상을 정하고 주기적인 만남을 통해 지식을 넓혀간다. 지식도 쌓고 사람들과 유대감도 쌓으니 이보다 즐거운 공부가 없다. 독서 모임이되 특정 주제로 진행해도 좋다. 한 인물에 관해 공부하고 알아가는 모임, 미술과 관련된 책을 읽고 토론하는 모임 등 독서와 스터디를 합친 모임 말이다.

운동 모임도 적극 추천한다. 매주 스크린골프 혹은 파3 골프장에 가서 가볍게 골프를 즐기는 동네 친구, 저녁에 공원 광장에서 모여 함께 달리기하는 러닝 동호회 멤버들, 주말 오전에 만나 서울 둘레길 걷기 도장 깨기를 하거나 산행을 함께하는 직장 동료들, 매달 한 번씩 만나 골프 라운딩을 즐기는 대학 동기들. 생각만 해도 유쾌하지 않은가.

그 외에 영화 모임을 만들어도 좋겠다. 영화를 함께 보고, 혹은 각자 본 뒤 모여서 맥주 한잔 마시며 영화에 대한 단상을 나누고, 기억에 남은 장면을 공유하고 자신이 느낀 감정과 가치에 대해 이야기하다 보면 혼자서는 느낄 수 없는 충만함과 행복한 감정을 느낄 수 있으리라. 이보다 유쾌한 시간이 또 있을까. 캬~ 글로 적다 보니 나 또한 친한 친구들과 영화 보고 근처 맥줏집에서 맥주 한잔 들이켜고 싶다.

우리는 이러한 사회적 유대를 통해 행복을 느낀다. 왁자지껄 떠들며 서로의 영혼을 충족시켜줄 수 있는 유쾌한 공동체를 만들어보자.

당신은 자신과 잘 지내고 있나요?

"나에 관해 알아야 할 게 참 많다. 인생을 살면서 제일 중요한 문제들이다. 내 삶이니까."

자신과 사이가 좋은 사람이 다른 사람과도 사이가 좋다. 반대로 자기 자신과 잘 지내지 못하는 사람은 다른 사람과도 잘 지내지 못한다. 뭐니 뭐니 해도 가장 중요한 소통은 나 자신과의 소통이다.

◇ ◇ ◇

책 읽는 일상이 가져다준 변화

책을 읽으며 서서히 깨달은 것 중 하나는 책을 읽는 행위는 인풋인 반면, 진정한 책 읽기의 완성은 아웃풋이라는 사실이다. 그래서 나는 책을 읽고 나면 블로그에 서평을 빙자한 독후감을 쓴다. 책의 요약보다는 내 생각에 초점을 맞춘다. 책을 읽고 난 후 내 생각의 변화, 삶의 변화를 기록한다. 아웃풋은 책을 읽는 시간보다 두 배 이상의 시간이 필요한 힘든 과정이지만 건너뛸 수 없는 활동이 되었다.

책 읽기를 마친 뒤 나에게 영향을 준 문장 하나만 건져도 읽은 보람이 있다고 믿으며 '이 책은 나에게 어떤 변화를 주었나?'를 먼저 생각하고 적는다. 그러다 보니, 책을 읽을 때는 별 감흥이 없다가, 마지막 장을 덮고, 어떤 내용으로 서평을 적을까 생각하다 보면, 이 책은 나에게 좋은 영향을 끼쳤구나 느껴지는 책도 있었다.

과거에 읽었던 책 목록을 보노라면, 책 내용과 함께 서평을 적기 위해 고민했던 시간이 떠오르고 내가 발견한 그 책의 가치들이 생각난다. 그 책을 내가 어떻게 평가했는지, 어떤 면에서 나에게 좋은 영향을 준 책인지가 늘 함께 떠오른다. 아마 서평을 적지 않았더라면 나에게 남지 못했을 흔적들이었고, 그랬다면 나는 읽었다고는 하나 기억하지 못하는 책들이 수두룩했을 것이다.

서평과 함께, 현재 내 마음을 온전히 뺏긴 문장 하나가 있다면 따로 기록해두었다. 그리고 그 문장은 한동안 나의 일상을 지배했다. 나의 일상을 지배한 문장 그리고 그에 관한 생각과 느낌은 고스란히 주변 사람들과의 대화 주제가 되었다.

그렇다! 책 읽기가 일상이 되면서 글을 쓰게 됐고 이제 나는 수다를 떨기 시작했다. 수다의 소재는 대부분 내가 읽은 책, 그리고 내 일상을 지배한 문장들에 관한 것이었다. '글'을 통한 아웃풋 대비, '말'을 통한 아웃풋은 새로운 차원의 소통이었다.

글을 쓸 때는 의식이 작용한다. 하지만 발화는 거의 무의식적이다. 발화를 위해 내 뇌는 재빠르게 흩어져 있던 사실과 느낌을 모아 구조화시키고 줄을 세워서 내보낸다. 상대방은 답한다. 그의 호응에는 새로운 내용이 더해지기도 한다.

나의 뇌는 또다시 상대방이 보내준 정보와 나의 기존 정보를 재조직하여 상대방의 호응에 답을 만들어낸다. 가끔은 상대방의 의견이 참신하거나, 내가 미처 생각하지 못했던 내용이라면 감탄하며 기존의 내 생각에 그 내용을 받아들여 새로이 한다. 이렇듯 읽고 쓰고 말하는 이 모든 것들은 결국 나를 알고 나를 새롭게 하는 활동들이었다.

◇ ◇ ◇

독서와 기록은 나와의 대화다

철없던 시절 나는 늘 타인을 의식했다. 다른 사람들의 눈치를 보고 그들이 나를 어떻게 생각하고 판단하는지에 신경을 곤두세웠다. 혹시라도 나에 관한 불편한 말을 들을 때면 인생 다 산 것처럼 슬펐다.

이제는 안다. 내가 가장 관심을 가지고 귀를 기울여야 하는 목소리는 나의 목소리임을. 내가 좋아하는 것이 무엇인지, 어떤 생각을 주로 하는지, 내가 지향하는 삶의 가치는 무엇이며, 어떤 삶을 살고 싶은지를 귀담아들어야 한다. 무엇을 할 때 즐거움과 쾌감을 느끼고, 어떤 사람을 좋아하고, 어떤 사람들과 어울리고 싶은지, 무엇을 배우고 싶고, 어떤 도전을 하고 싶은지 등 나에 관해 알아야 할 게 참 많다. 인생을 살면서 제일 중요한 문제들이다. 내 삶이니까. 나는 나의 시선을 의식하며 내 삶을 살아간다.

앞에서도 말한 것처럼 나와의 대화는 '독서'를 통해 시작되었다. 알랭 드 보통은 『프루스트가 우리의 삶을 바꾸는 방법들』에서 이야기한다. "현실에서 모든 독자는, 책을 읽는 동안만큼은 그 자신의 독자이다. 저자의 작품은 만약 그 책이 아니었으면 독자가 결코 혼자서는 경험하지 못했을 어떤 것을 스스로 식별하도록 도와주는 일종의 시력 보조 장치에 불과하다."

우리는 책을 읽는 동안 나 자신의 독자가 된다. 자기 자신 안에 있는 무언가를 인식하는 것이다. 이는 결코 혼자서는 인식하지 못했을, 책을 읽으니 발견하게 되는 나 자신에 관한 무엇이다.

그러나 책을 읽는 동안 떠오른 머릿속 생각, 더 나아가 나와의 대화는 휘발되기 쉽다. 머릿속에 떠오르는 것만으로는 부족하다. 두서없는 대화를 좀 더 명확히 할 필요가 있다. 그래서 정리할 시간을 따로 가진다.

혼자 있는 시간에 차분하게 생각에 잠긴다. 나에 관한 생각이며, 내 인생에 관한 생각이며, 내 생각에 대한 보다 명확한 생각이다. 그리고 글로 적는다. 기록함으로써 나 자신을 더욱 정확히 이해할 수 있다.

이러한 '나를 알기'가 반복되다 보면 '아하, 나는 이런 사람이구나.'를 깨닫게 된다.

나는 모험을 좋아하는 사람이고, 새로운 것을 끊임없이 시도하고, 그런 과정을 통해 즐거움을 느끼는 사람이다. 단순하게 생각하길 좋아하고 복잡한 것은 딱 질색이다. 한번 마음먹은 것은 해야 직성이 풀린다. 뭐든 대충하지 않는다. 해야 할 일이 생기면 제대로 해야 한다.

무엇이든 진정성을 갖고 일한다. 허투루 하지 않는다. 이상주의자다. 이상을 추구하는 고리타분함이 있다. 인생을 즐긴다. 인생은 즐거운 것들로 넘쳐난다. 그냥 이렇게 글을 쓰는 것도 좋다. 혼자서도 잘 논다. 심심할 틈이 없다. 인생에 관한 진지한 질문에 심각해지는 경우가 많다.

2014년경에 시작한 블로그는 나와 대화하는 수단이었다. 서평이라고 불렀지만 그건 형식일 뿐, 결국 블로그라는 지면을 통해서 나는 나와 대화를 나눴다. 책을 읽고 난 직후엔, 생각이 많아졌다. 내가 무슨 생각을 하는지 곰곰이 나를 관찰했고, 책을 통해 내 생각의 변화가 있는지, 있다면 어떤 것들인지 머릿속으로 정리해보았다. 딱히 영감을 받은 게 없어도 엉뚱하게라도 무언가와 연결해볼 만한 게 없을까 고민했다.

그렇게 나와의 대화가 집약되어 '서평'이라는 형식을 빌려 블로그에 나타났다. 서평이 쌓이고 쌓이면서 나에 대한 이해는 깊어지고 점점 나를 사랑하게 되고, 외부를 향하던 시선이 자연스럽게 나의 내면을 향하게 되었다.

생각은 휘발되기 쉽다. 찰나에 떠오르는 생각이 무수히 많아서 진지하고 묵직한 내용이더라도 순식간에 사라져버릴 수 있다. 이런 것을 부여잡을 필요가 있다. 그래서 기록이 필요하다.

일기도 좋고, 나처럼 블로그도 좋다. 기록하면 할수록 자신과 나누는 대화의 수준은 깊어지고 넓어질 것이다.

◇ ◇ ◇

나와의 소통은 나의 정체성 만들기로 이어진다

자신과 대화하며 내가 누구인지 끊임없이 알아가는 과정은 결국 나의 본질, 즉 정체성을 만들어가는 일이다. 2장에서 소개했던 '뇌'의 특징을 상기하면 더욱 쉽게 이해할 수 있다. 나 자신에 관한 반복된 생각은 뇌 회로도의 특정 부위를 집중적으로 자극한다. 점점 해당 부위는 강화되어 쉽게 활성화되는 상태로 변한다. 그러다 보면 내가 생각하고 의도한 대로 나 자신이 되어간다.

내가 사용하는 언어, 내가 읽는 책, 내가 만나는 사람들이 모두 나의 정체성 만들기에 영향을 준다. 그중 내 생각, 즉 나와의 소통은 무엇보다 강력한 배선을 나의 뇌에 새겨넣는다.

또한 우리의 뇌 회로도는 평생 변화를 멈추지 않는다. 과거의 모습과 현재의 모습이 다르듯이 내가 바라는 나의 미래 모습 또한 다를 수 있다. '앞으론 이렇게 살아가자.'라는 다짐은 새로운 정체성을 만들어낸다. 그러므로 정체성은 움직이는 표적과도 같다. 『더 브레인』의 말을 인용한다면 "당신의 정체성은 절대로 종착점에 이르지 않는다."

지금의 내 마음이 현재의 나를 결정하고 나의 정체성을 만든다. 오늘도 내가 생각하는 대로 나는 변하고 있다. '자아를 찾는 것'이 아니라 '자아를 만드는 것'이다.

막간에 내가 가장 좋아하는 니체의 말을 인용해본다. "인생에서 가장 중요한 것은 내 생각을 만드는 것, 내 삶을 아름답게 창조하는 것이다." 그러니 나와의 소통을 게을리하지 말자. 그리고 내가 바라는 대로 나의 정체성을 만들어 가자.

수다도 이젠 지적이어야 할 나이죠

"비록 중년의 나이지만 이런 성장은 언제나 우리를 설레게 한다."

책을 좋아하게 되고, 생각을 글로 정리하면서 이전에 느끼지 못했던 즐거움, 쾌감, 지적 만족을 얻었다. 그런데 뭔가 부족하다. 혼자서 느끼는 걸로 끝나는 게 아니라 내 느낌과 감정, 그리고 생각을 사람들과 나누며 마구마구 수다를 떨고 싶어졌다. 외부 독서 모임에 참여했고, 직장에서 친한 동료와 독서 모임을 만들어 책 수다를 떨고, 남편과 동네 공원을 산책하며 함께 읽었던 책에 관해 이야기했다. 그러면서 조금씩 조금씩 '지적 수다'가 주는 매력에 빠져들게 되었다.

◇ ◇ ◇

독서 모임에 참여해 책 수다를 떨어보자

직장을 다니며 평범한 나날을 보내고 있던 7년여 전, 삶이 무척이나 지루했다. 매일 보는 사람을 만나고 똑같은 사람과 늘상 하던 대화를 한다. 삶에 '재미'가, 더 나아가 '활력'이 필요했다. 예전처럼 내면으로 침잠해 들어가 평온을 찾기보다 이젠 새로운 사람을 만나 낯선 환경에서 이전과 다른 '수다'를 떨고 싶었다.

여기저기 참여할 만한 독서 모임이 없을까 기웃거리기 시작했다. 그러다가 모집 글 하나가 눈에 들어왔다. 과감히 등록비를 내고 신청했다. 네이버의 인기 있는 '오디오 클럽' 중 한 채널을 운영하는 정○○ 아나운서가 리더인 모임이다. 아나운서님이 운영하시던 그 채널은 그 당시 내가 가장 좋아하던 오디오 클럽이기도 했다. 그렇게 이 모임과의 인연은 시작되었다.

아나운서님을 포함하여 초기 회원은 8명이었다. 우리는 지정된 책을 각자 읽은 뒤, 강남의 한 카페에 다 같이 모여 책 수다를 떨었다. 저자를 초청해서 같이 이야기를 나누는 때도 있었다. 아나운서님이 우리의 대화를 잘 이끌어주셨다.

책만 이야기하지는 않았다. 다양한 이야기를 나눴고, 함께 그림도 그리고, 여행 계획을 세우기도 했다. 우리는 함께 웃고, 가끔 울기도 하며, 끈끈한 관계를 지속해나갔다. 이 모임은 나에게 삶의 활기가 되어주었다.

◇ ◇ ◇
지적이고 싶은 욕망을 발산하다

친한 직장 언니와 저녁을 먹다가 책 이야기가 나왔다. 학창 시절 한 때 문학소녀였다고 하는 그는 책에 관해 아주 해박했다. 주변에 책 이 야기를 하면 고개를 절레절레 흔드는 사람이 대부분인데 그와는 책 이야기로 유쾌한 시간을 보낼 수 있었다.

그에게 조심스럽게 책 모임을 제안했고 책을 좋아하는 또 다른 동료가 합류하며 우리는 3명으로 책 모임을 시작했다. 이른바, 책을 매개로 한 지적 수다 모임이다.

초창기에는 격주로 점심시간에 만나 각자 읽은 책과 공동으로 선정한 책에 대해서 자유롭게 대화를 나눴다. 회사에서 '일' 얘기 말고 다른 주제로 대화를 나누는 게 그렇게 짜릿할 수가 없었다. 가끔은 좋은 책을 필사하기도 했다.

그렇게 우리의 지적 수다 모임은 매번 우리의 입맛에 맞게 진화해 갔다. 처음 시작할 때는 한 사무 공간에서 다 같이 일하고 있었기에 한 달에 두 번은 충분히 모일 수 있었다. 인사이동 시기에 맞춰 한 명, 두 명 부서 이동을 하면서 사무실이 물리적으로 떨어지기도 했다. 그러면서 자연스럽게 한 달에 한 번, 저녁에 모이는 방식으로 바뀌었다.

한때 프로젝트로 엄청 바쁜 시기를 보내면서도, 그리고 코로나가 겹치면서 여러 번 미뤄지기도 했지만 우리는 어떻게든 열심히 만났다.

우리는 책을 매개로 내면에 쌓아두었던 많은 이야기를 나눴다. 단순한 수다가 아니었다. 우리의 대화는 책을 통해 얻은 영감과 감동이었으며 마음속 깊은 곳에서 우러나오는 진실한 말들이었다.

낮에 사무실에서 정신없이 일하고 기진맥진했더라도, 퇴근 후 이들을 만나면 나의 눈망울은 초롱초롱해졌다. 웃음이 떠나질 않았다.

직장 동료와의 모임은 외부 모임과는 다른 특별함이 있다. 서로가 상대방이 낮에 얼마나 무미건조하게 시간을 보냈는지, 아니면 정신없이 하루를 보냈는지 목소리 톤만 들어도 짐작할 수 있다. 퇴근길에 사무실 직원들이 모두 각자의 가정으로 돌아갈 때, 우리는 몰래 만나서 지적 대화를 나누며 억눌러왔던 소통의 욕구를 아낌없이 발산했다.

◇ ◇ ◇

책 수다를 통해 나는 성장했다

다양한 책 모임을 통해 나의 내면은 점점 단단해졌다. 사실 외부 독서 모임에서 함께 읽은 책은 주로 리더가 선정해준 책이었기에 내 관심 밖 도서인 경우도 있었다. 그래도 새로운 분야의 책을 읽으며 세상을 바라보는 시야가 넓어졌다.

직장 동료와 함께한 모임의 경우, 리더가 따로 없기에 다 같이 상의해서 공동으로 읽을 책을 정했다. 그래서 해당 책들은 더욱 관심을 두고 진지하게 읽어나갈 수 있었다.

다음은 직장 동료 책 모임에서 읽은 주요 책들이다. 목록을 정리해보니 그동안 우리가 참 괜찮은 책을 많이 읽었던 것 같다. 이들은 모두 나의 내면을 성장시키고 흔들리지 않은 인생을 살아가는 데 밑거름이 되어준 책이다.

- 『데미안』, 헤르만 헤세
- 『예루살렘의 아이히만』, 한나 아렌트
- 『그리스인 조르바』, 니코스 카잔차키스
- 『꿀벌과 천둥』, 온다 리쿠
- 『죽음』, 베르나르 베르베르
- 『길 위의 인생』, 글로리아 스타이넘
- 『말하다』, 김영하
- 『밤으로의 긴 여로』, 유진 오닐
- 『농담』, 밀란 쿤데라
- 『연인』, 마르그리트 뒤라스
- 『호밀밭의 파수꾼』, 제롬 데이비드 샐린저

- 『브람스를 좋아하세요』, 프랑수아즈 사강

- 『달과 6펜스』, 서머싯 몸

- 『융의 영혼의 지도』, 머리 스타인

- 『스토너』, 존 윌리엄스

한 권, 두 권, 읽은 책이 쌓이면서 우리는 조금씩 성장했다. 비록 중년의 나이지만 이런 성장은 언제나 우리를 설레게 한다. 인생에 대해 진지하게 고민하며 어떻게 살아갈지 우리는 좋은 책을 읽으며 함께 생각하고 공유했다. 그리고 이 모임 시간만큼은 우리는 언제나 청춘을 누리는 앳된 소녀가 된다. 얼마나 좋은가!

우리는 각자 읽어보고 싶은 책이 생기면 모임 책으로 선정했다. 혼자서 읽어도 되지만, 함께 읽는 것에 대한 즐거움은 무척 크다. 그리고 같이 이야기 나눔으로써 그 책은 온전히 나를 위한 책이 되고 나를 성장시킨다.

◇ ◇ ◇
모임에 참여할 수 있는 다양한 방법들

직접 모임을 만드는 건 부담이 크기도 하다. 그럴 땐 기존의 모임을 잘 찾아서 참여해보자. 관심을 두고 찾아보면 함께할 수 있는 모임을 꽤 많이 발견할 수 있다. 코로나19로 인해 비대면 모임도 많아졌기 때문에 오프라인에서 만나는 모임이 부담된다면 온라인 모임도 고려해볼 만하다.

내가 활용하는 모임 찾는 방법을 소개한다.

1. 숭례문 학당

2015년경 읽은 책에 소개되어 처음 알게 되었다. 읽기, 쓰기, 토론, 스피치와 관련된 다양한 강좌를 진행하는 공동체이다. 점점 인지도가 높아지고 사람들의 참여가 늘면서 지금은 영화, 문화, 어린이, 건강에 관한 주제까지 아우르고 있으니, 여기서만 놀아도 하루가 벅찰 정도다. 나는 동시에 4개의 강좌를 들은 적도 있는데 그때는 정말 하루하루가 너무 바빴다. 참여하고 싶은 강좌는 수두룩 하지만, 시간이 한정적이니 워워~~ 자제해야 하는 단점이 있는 곳이다.

2. 문화센터, 도서관, 공연 시설 및 개인 교습소 활용

둘째를 낳고 육아휴직 기간에 동네 홈플러스에서 수채화 수업을 들은 적이 있다. 그 후 백화점이나 대형 마트에서 운영하는 문화센터 수업에도 관심을 가지기 시작했다. 가격도 합리적이며 참여하는 인원도 많아 취미 생활을 하면서 사람들과 소통하고자 할 때 활용하면 좋다.

도서관은 책과 글쓰기에 관한 다양한 강좌를 운영하니, 자주 가는 도서관의 모임에도 관심을 가져보면 좋겠다. 예술의 전당이나 소마미술관, 세종문화회관 등에서 진행하는 강좌도 눈여겨볼 만하다. 혹은 주변에 성인 취미를 가르쳐주는 교습소도 좋다. 내가 최근까지 다니던 화실도 성인 미술을 가르치던 학원이었다.

3. 신문사에서 제공하는 교육들

대표적으로 한겨레교육은 언론, 작가/창작, 글쓰기/말하기/번역, 출판, 디자인/드로잉/일러스트, 직무/자기 계발 등 다양한 분야에서 온오프라인 강좌를 제공하고 있다. 온라인 교육이 저렴하고 다양하지만, 다 같이 듣고 연대할 수 있는 오프라인 모임이 나는 좋다. 수업이 끝날 즈음에는 강사와 수강생 사이에 끈끈한 연대가 형성되기도 한다. 뒤풀이하는 멋진 강사님을 만날 수도 있다.

4. 검색과 모임 앱

인터넷을 통해서도 다양한 모임 사이트와 강좌를 찾을 수 있다. 정○○ 아나운서가 운영하는 독서 모임에 가입하게 된 것도 초록 검색창을 통해서였다. 요즘은 '당근'에서도 지역 기반 모임을 만들거나 참여할 수 있다. 동네에서 같은 취향의 친구를 만들고 싶을 때 찾아보면 좋을 듯하다. 그리고 모임을 목적으로 하는 '앱'들도 다양하다. 특히

'독서'와 '운동'에 취미가 있다면 참여할 수 있는 모임은 참 많다.

5. 동네 모임

동네 친구들과는 더욱 돈독한 모임을 만들 수 있다. 최근 내가 가장 좋아하는 모임 중 하나는 '제시카 모임'이다. 이는 공식적인 학부모 독서 모임에서 시작된 엄마들의 사적 모임이다. 멤버 모두가 책을 좋아하고 자유분방하며 슬기로운 사람들이며, 늘 이런 모습으로 나이 들고 싶은 우리는 모두가 '제시카'다. 그래서 함께 모이면 '하이, 제시카!'라는 인사로 대화를 시작한다. 책을 매개로 해 다양한 주제로 수다를 떠는 게 우리의 주된 활동이다. '지적 수다 모임'으로 가장 이상적인 모습이 아닐까. 평생 제2, 제3의 '제시카 모임'을 하며 지적 수다를 떨 수 있길 바라본다.

좋은 사람을 만나고 서로 좋은 영향력을 주고받으며 소통하고 잘 살아가는 것, 지적 수다 모임을 통해서 추구해보자.

저도 제 감정을 잘 모르겠다고요!

"나의 삶을 살며 나를 사랑하기 위해 나의 '감정'에 충실해야 한다."

삶을 이끌어가는 것은 감정이다. 우리가 깨어 있는 모든 순간에 감정은 흐르고, 이러한 감정은 우리가 행하는 행동의 가장 큰 동기가 된다. 사람은 이성적으로 판단하고 행동한다고 하지만, 좀 더 근원적으로 따지고 보면 많은 경우 감정이 판단과 행동의 애초 원인임을 발견하게 된다. 그만큼 '감정'은 인생을 살며 관심을 두고 대해야 하는 매우 중요한 주제이다. 나를 이해하기 위해 챙겨야 하는 것 중 하나가 바로 '나의 감정'이다.

◇ ◇ ◇

감정은 알아채야 하고 표현해야 한다

어릴 때부터 감정 표현에 서툴렀다. 내 감정에 관해 물어보거나 어루만져준 사람이 별로 없었던 것으로 기억한다. 내가 자란 시대가 그런 분위기이긴 했지만, 특히 시집살이하는 엄마는 대가족 살림을 하느라 바빴고, 아빠는 무기력했다. 그렇게 어린 시절을 보낸 나는 속 깊은 애어른이었다.

내 감정을 잘 드러내지 않았다. 감정을 드러내는 것은 사치였다. 친구 집을 찾아가는 길에 술 취한 어른에게 이유 없이 뺨을 맞아도, 고등학교 등굣길 만원 버스 안에서 성추행을 당했을 때도(몇 년이 지나고 나서야 그런 상황이었음을 깨달았다···) 나는 그냥 내 생각과 감정을 혼자 감당해왔다.

어른이 되고 나니 내가 감정에 대해 너무 모른다는 사실을 깨달았다. 대학생 시절 친한 친구와 저녁 늦게 캠퍼스 건물 계단에 앉아 속 깊은 이야기를 주고받은 적이 있다. 정확히 기억나지 않지만 친구는 어려운 이야기를 꺼냈고, 그 친구에게는 위로가 필요했다.

그런데 나는 그 상황에서 어떻게 친구를 위로해야 할지 몰랐고, 내 생각과 감정을 어떻게 나눠야 할지 몰라 난감해했던 기억이 있다. 그때 어렴풋이 나에겐 뭔가 부족하다는 걸 깨달았다.

어렸을 때는 감정쯤이야 그냥 무시하고 지나쳐도 된다고 생각했다. 내가 속으로 삼키면 그만이라고. 어른이 되고 나서야 알게 되었다. 내 생각이 틀렸음을. 감정은 알아채야 하고 표현해야 한다. 나의 삶을 살며 나를 사랑하기 위해 나의 '감정'에 충실해야 한다. 조금씩 그 사실을 깨달으면서 '감정'에 대해 제대로 공부해보자고 생각했다.

『감정의 발견』에서 저자는 말한다. "감정을 표현할 단어를 잘 모른다는 것은 단지 묘사 능력이 부족하다는 뜻만은 아니다. 삶을 만들어가는 '작가'로서의 능력이 부족한 것이다." 지금 내가 느끼는 감정을 잘 표현하지 못한다는 것은 내 삶을 주체적으로 살아가지 못하는 것과 다름없다. 삶을 살아갈 능력 중 하나가 감정의 이해와 표현이라는 사실을 이제는 제대로 안다.

◇ ◇ ◇

엄마에 대한 양가감정을 털어놓다

'양가감정'은 내 감정을 용기 있게 표현할 수 있게 해준 하나의 계기가 되었다. 외부 독서 모임을 하던 중 선생님께서 각자의 양가감정을 소개해보자고 하셨다. 내가 느끼는 대표적인 양가감정에는 무엇이 있을까. 한 번도 얘기해본 적 없는, 하지만 항상 마음속에 크게 자리 잡고 있던 엄마 이야기를 꺼냈다.

"엄마에 대한 저의 감정을 소개할게요. 제 마음에는 엄마에 대한 '감사함'과 '미움'이 공존하고 있어요. 시집살이하면서 고생만 하셨던 저희 엄마는 제가 아이를 낳고부터 쭉 저희 아이들을 돌봐주고 계세요.

고향이 통영이라 격주로 오고 가고 하시면서요. 엄마의 희생이 없다면 저는 직장 생활을 제대로 해내지 못했을 거예요.

그런데 말이죠. 저는 또한 엄마를 미워해요. 매일매일 얼굴을 맞대고 살다 보니, 저랑 맞지 않는 엄마의 행동과 말이 저를 힘들게 해요. 학창 시절엔 매일 저녁 아빠에게 잔소리하시는 모습이 정말 지긋지긋하고 싫었거든요. 대학생이 되면서 그 삶에서 벗어났다는 해방감은 이루 말할 수 없을 정도로 컸어요.

그런데 직장 생활을 하며 아이들을 키우기 위해 어쩔 수 없이 다시 엄마와 함께 살게 되었고, 아빠에게 향했던 엄마의 잔소리는 나와 아이들로 향하게 되었어요. 벗어나고자 했던 족쇄에 다시 발을 집어넣은 느낌이랄까. 점점 그런 상황이 견딜 수 없을 만큼 힘들어졌어요.

가끔 직장 동료와 대화하는 중에 엄마랑 의견이 달라 다툴 때가 있다고 하면 그들은 이구동성으로 말해요. '김 과장 어머니 같은 분은 없어. 김 과장은 엄마한테 정말 잘해야 해!' 그러면 저는 속으로 괴로워하죠. 엄마로 인해 힘든 내 감정은 밖으로 나오지 못하고, 마음속에 꾹꾹 눌러지고만 있어요.

그러다가 엄마가 고향에 내려가신 주말이 되면, 엄마한테 잘해야겠다고 다시 다짐을 해요. '사랑한다.', '반찬 만들어서 냉장고에 넣어놨으니 주말에 잘 챙겨 먹어.' 등 엄마가 보내주시는 정성 어린 문자를 보며 엄마에 대한 감사함에 눈시울이 붉어지기도 하고요. 나중에 커서 엄마 호강시켜드리겠다던 어릴 적 기억을 떠올리며 엄마에게 고향 집 불편한 게 없는지 물어보고, 무심한 듯 에어프라이어 하나, 청소기 하나 사드리곤 해요.

아, 이런 감정이 '양가감정' 아닌가요?"

모임에 참석한 멤버가 모두 고개를 끄덕인다. 그러면서 다들 엄마에 대한 양가감정을 하나씩 풀어낸다. 이 경험은 나에게 큰 힘이 되었다. 감정적으로 힘들었던 이유는 양가감정이 있음을 인지하지 못하고, 혼자서 혼란스러운 마음을 속으로 삭이려고 했기 때문이었다. 감정을 있는 그대로 표현하고, 내 감정을 객관적으로 바라보니 마음이 한결 홀가분해졌다.

◇ ◇ ◇
누구에게 내 감정을 들려줄까

방금 말한 독서 모임의 경험에서 내가 표현하고자 한 감정은 '엄마에 대한 양가감정'이었고 감정을 경청하고 공감해주는 상대방은 '독서 모임 멤버'였다. 그 후 오래 묵어 있던 나의 감정은 어느 정도 누그러 졌고, 그 감정에 대한 내 생각과 태도도 예전보다 유연해졌다. 건강한 감정생활을 하려면 '감정에 대한 이해'와 '감정을 들어줄 상대방' 이 두 가지 요소가 꼭 필요하다고 확신하게 되었다.

문제는 '내 감정에 공감해줄 상대방'을 찾는 게 무척 어렵다는 사실 이다. 인간은 사회적 동물이고 끊임없이 사람들과 교류하지만, 많은 관계가 각자의 필요 때문에 이용되기도 한다. 모임에서 경청하고 공 감하기보다, 자기가 하고 싶은 이야기만 하고 정작 상대방의 이야기 에는 귀를 기울이지 않는 사람도 참 많다.

될 수 있으면 나는 상대방의 이야기를 잘 듣고자 한다. 그리고 그에 게 공감하려고 노력한다. 나의 이런 노력이 그들에게 통한다면 그들 도 나의 이야기에 귀를 기울여주지 않을까. 내가 노력하는데도 상대 방은 변함없이 자기 이야기만 하는 사람이라면 정리해도 되는 관계가 아닐까 신중히 생각해본다.

감정을 경청해줄 누군가를 찾기 위해 나는 다음의 3가지 방법을 이 용한다.

1. 서로에 대한 신뢰가 있고 마음이 잘 맞는 1인과 대화한다

나를 신뢰하고 내 이야기를 들어줄 수 있는 상대방 한 명만 있어도

내 감정생활은 건강할 수 있다. 당연히 2명, 3명이면 더 좋다. 그래서 내 기준으로 진실하게 좋은 사람이라면 평소에 좋은 관계를 유지하고 나 또한 그들의 이야기를 경청하려고 노력한다. 그들은 내가 사랑하는 사람이다. 그들은 나를 긍정적으로 지지해주는 사람이다. 배우자, 친구, 친한 동료 중에서 이런 이들을 떠올려 본다. 내가 힘들 때 내 이야기를 진심으로 들어줄 수 있는 누군가가 있다는 사실만으로도 나는 힘을 얻는다.

2. 나에게 들려준다

글로 표현해본다. 나에게 들려주는 글이다. 일기나 비공개 블로그가 좋은 방법이 될 수 있다. 보는 사람이 없으니 다양한 방식으로 표현해보자. 대화체로 써도 되고, 넋두리를 해도 좋다. 나는 내 이야기를 들어주고 공감해주는 상대방이 된다. 나는 나의 목소리를 경청하고 공감한다. 가끔 조언도 한다. 그렇게 나와 대화하면서 나의 감정은 정리되고 부정적인 감정은 누그러지고 즐거운 감정들은 확장된다.

3. 공개 글을 써본다

공개 글을 쓸 경우, 누군가가 본다는 사실 덕분에 내 감정을 보다 객관적으로 조망해볼 수도 있다. 감정에 치우쳐서 놓쳤던 무언가를 깨달을 수도 있다. 예를 들어, 나를 힘들게 한 장본인이라 생각했지만 알고 보니 그의 선한 의도가 있었음을. 내가 무심코 행한 행동이 마찬가지로 그에게 상처가 되어 그를 힘들게 했었음을 깨달을 수도 있다.

나 또한 블로그를 운영하면서, 처음에는 감정을 드러내길 망설였으나 이제는 내 블로그를 감정을 표현하는 매우 유용한 수단으로 활용한다. 특히 혼자 몰래 운영하는 블로그가 제격이다. 나의 감정을 표현하되 글로 표현하기에 정제된 감정으로 나타낸다. 내가 잘 활용하는 감정 표현 방법이다.

6

내가 돌보지 않으면 누가 돌볼 것인가?

"한국은행을 퇴사했다. 15년간 다녔던 나의 꿈의 직장을."

우리의 삶은 의사 결정의 연속이며, 내 삶을 이끌어가는 것은 감정이다. 내 경우에도 인생의 큰 전환점이 되는 의사 결정은 모두 '감정'과 무관하지 않았다. 나는 한국은행에 2006년도 공채로 입행했다. 어려운 시험을 통과해서 신의 직장으로 불리던 '한국은행'에 들어갔다. 그런 직장을 15년의 근무 기간을 채우고 2021년 3월 자발적으로 퇴사했다. 잘 다니던 회사를 그만둔다고 하니 많은 사람이 궁금해했다. 여러 가지 이유가 있지만, 그중에는 '감정'도 있었다.

◇ ◇ ◇

조직에서의 감정생활

인사이동이 발표되던 날, 같이 일하던 차장님의 말이 나의 뇌리에 박혔다. "나 무너져버릴 거 같아." 내 마음이 너무 아팠다. 친한 과장님은 타 부서로 이동 발령이 났다. 메신저에 찍힌 그의 말이 또 내 시선을 끈다. "나 퇴사해버릴 거야." 이 말들은 많은 직원이 느끼는 공통된 감정이었다.

매번 무너져버릴 것 같은 감정, 퇴사하고 싶은 생각을 억누르면서 회사를 다닌다. 모든 직원이 다 그렇다는 건 아니지만, 적어도 내 주변엔 그렇게 힘들어하는 직원이 많았다. 나 또한 직장 생활을 하면서 불쑥불쑥 속상함, 슬픔 혹은 공허함을 느낀다. 직장 생활을 하는 사람이라면 비슷하게 겪는 어려움이다.

삶은 즐겁고 재밌어야 하는데 이렇게 부정적인 감정을 억누르면서, 겉으론 아닌 척하며 지내야 하는 그런 환경에서 벗어나고 싶었다. 또한 내가 너무 조직에 소모되고 있구나라는 생각이 점점 커져갔다. 감정적으로 힘들었다. 15년 동안 나에겐 일이 넘쳐났다.

그래도 일은 무척 보람이 있었고, 나는 누구보다 즐겁게 일했다. 이처럼 성취감을 느끼며 일할 수 있는 직장을 찾기도 쉽지 않다. 그런 것들로 동기부여하고 스스로 만족하며 그렇게 15년을 열심히 일했다.

차세대 프로젝트를 시작하던 초반엔 팀 동료들에게 긍정 마인드셋과 내적 동기부여의 필요성을 설파하며 적극적으로 팀워크를 다지는 데 혈안이 되기도 했다. 그런데 점점 나 자신에게 미안해졌다. 가족들에게도 미안했다.

그리고 아무래도 다음 업무로 새로운 프로젝트가 할당될 것 같은 불안한 느낌이 들었다. 맡겨진 일은 늘 최선을 다해야 하는 성미라서 나는 또 열심히 일하겠지. 남편은 예전에 그랬던 것처럼 너무 바쁘게 일하는 와이프를 이해하지 못하고 우린 가끔 부부 싸움을 할 것이다. 회사 일로 바빠서 성격 더러워진(딸이 늘 하던 말…) 엄마 때문에 아이들의 짜증과 불만도 많아질 테지. 상상만 해도 슬프다.

차세대 프로젝트를 성공적으로 마무리한 지금 나의 모습이 내가 생각하는 최상의 모습이라고 생각했다. "박수 칠 때 떠나라."라는 문장이 마음속에서 떠나질 않는다. 내 능력을 최고로 인정받을 때 쿨하게 회사 그만두는 걸 늘 마음속 로망으로 간직하고 있기도 했었다.

무엇보다 내 감정을 보듬어줘야겠다 생각했다. 부정적인 감정에서 허우적대는 상황에서 벗어나기로 했다. 퇴사를 했다. 한동안은 또 다른 감정들이 나를 흔들기도 했지만, 3여 년이 지난 지금은 정말 평온해졌다.

친했던 은행 동료들과는 아직도 계속 연락을 주고받는다. 올해도 어김없이 인사 발표가 있었고, 누군가는 무너져버릴 것 같은 감정을 억누르며 겉으로 아무렇지 않은 듯 지낼 걸 알기에 내 마음 또한 속상하고 쓰라리다. 내가 좋아하는 그분이 다시 활력을 찾고 일상으로 돌아와, 우리와 함께 즐거운 시간을 보낼 수 있는 날을 기다린다.

인생이라는 하나의 큰 모험에서 나는 내 감정에 충실했으며 나를 힘들게 하는 감정에서 벗어나기 위해 인생의 큰 결정을 했고 그런 결정에 대해서 전혀 후회하지 않는다. 나는 3년 전보다 더욱 감정적으로 풍요롭고 긍정적인 삶을 누리고 있다.

인생은 길다. 내 삶에 중요한 것과 중요하지 않은 것을 잘 판단해야 한다. 나는 조직에서 손뼉 칠 때 회사를 떠났다.

◇ ◇ ◇

가정에서의 감정생활

퇴근해서 집에 오면 아이들과 친정 엄마가 있다. 남편은 바빠서 늘 야근이다. 엄마의 일방적인 대화가 시작된다. "○○는 하루 종일 유튜브만 보고 공부를 안 한다.", "남대문 시장에 가서 옷 2개를 사 왔는데, 이건 좀 나한테 안 어울리나? 환불할까?", "○○(여동생)은 회사에서 일이 너무 많다는데, 남편이 살림을 도와주지 않아서 혼자서 육아며 살림이며 회사일이며…. 왜 걔는 일복이 많은지…. 내가 걔를 임신했을 때 일을 많이 해서 그런가.", "오빠는 월급을 제대로 받고 있는지.", "밥을 많이 먹어야 일을 잘 해낼 텐데, 회사에서 잘 먹고는 다니냐?" 진짜 일방적인 대화다.

아이들은 벌써 중학생과 초등 고학년이 되었다. 아이들이 어렸을 때는 엄마와 함께 아이들의 재롱을 보며 웃고 떠들며 그렇게 퇴근 후 시간을 보냈던 걸로 기억한다. 하지만 아이들이 자기 방을 찾아 들어가는 나이가 되고, 엄마와 내가 단둘이 거실과 식탁에 남는 경우가 많아졌다. 점점 엄마와 한 공간에 있는 게 불편했다.

내가 식탁에서 저녁을 먹는 동안 엄마는 이렇게 혼자만의 넋두리, 주변 사람들 험담, 아이들 공부시키라는 잔소리를 끊임없이 늘어놓으신다. 몸은 집에 있지만, 내 마음은 아직도 긴장된 상태에 머물러 있다.

엄마와 나누는 대화에서도 나는 항상 날이 서 있다. 엄마는 항상 '너희가 걱정돼서.'라고 하시지만, 모든 대화에는 상대방에 대한 불신과 하지 않아도 되는 걱정이 가득하다.

나 : "엄마, 애들 여름 운동화 샀어요, 보세요. 시원하겠죠?"

엄마 : "불편해 보이네."

나 : ㅜㅜ

나 : "엄마, 나 마사지 좀 받으러 다니려고요. 어깨가 너무 뭉쳐서."

엄마 : "TV에서 그러던데 마사지 받다가 근육 파열된다더라. 조심해라."

나 : ㅜㅜ

한 번은 엄마에게 따졌다. "엄마는 왜 그렇게 맨날 부정적이에요? 좋은 쪽으로 생각하면 좋잖아. 신발도 그래. 이게 요즘 유행하는 건데. 조금 불편하게 보이더라도 '시원하겠네.'라고 말해주면 안 돼?" 엄마는 대답한다. "나는 거짓말은 못 한다." 60~70 평생을 근심, 걱정, 그리고 잔소리를 달고 살아오신 우리 엄마. 평생 그렇게 살아오신 부모님이 변하기를 기대할 수는 없다.

가끔 엄마의 이야기에 정치 이야기라도 담기면 나는 짜증을 낸다. "제발 정치 이야기 그만하세요." 그래도 반복된다. "너희는 듣기 싫겠지만… 블라블라…." 엄마의 말은 그렇게 주방과 거실에서 들어줄 상대방을 찾지 못하고 매일매일 공허하게 떠돌았다.

회사에서 프로젝트로 힘든 시기에 엄마와의 감정 문제가 점점 극한으로 치달았다. 나는 급기야 엄마를 향해 울부짖었다. "엄마!! 난 엄마의 감정 쓰레기통이 아니라고요…. 왜 맨날 걱정하고 부정적인 말만 하세요. 제발 그렇게 나를 힘들게 하지 마세요. 회사에서 이미 너무 힘들다고요." 엄마는 굴하지 않으셨다. "내가 이런 얘기 할 사람이 딸밖에 더 있냐."

내가 정신적으로 안정을 찾으려면 엄마와 떨어져 살아야 한다는 결론에 도달했다. 남편과 둘이서 술을 마시며 일생일대의 결정에 대해 진지한 대화를 나눴다. 나를 힘들게 하는 감정의 원인을 없애자고 얘기했다.

엄마는 어려운 환경 속에서 삼 남매를 잘 키워주신 정말 훌륭하신분이고, 나는 언제나 엄마를 사랑한다. 하지만 개인 대 개인으로서 서로 맞지 않는 부분은 어쩔 수 없다. 서로 맞지 않는다면 가족이더라도 떨어져 살 필요가 있다. 나는 퇴사를 했고 드디어 엄마와의 동거를 끝냈다.

이제는 엄마와 건강한 관계를 만들어가려고 한다. 함께 여행도 하고, 혼자 고향집도 방문하고, 아이들에 대한 잔소리, 우리에 대한 걱정이 아니라 엄마와 나 그리고 남은 우리의 시간에 대해 이야기하고 웃으며 수다를 떨려고 한다.

◇ ◇ ◇

한국은행에서 퇴사하다

5년간 에너지를 쏟아부었던 차세대 시스템을 오픈하고 나자 무력감이 찾아왔다. 프로젝트를 하는 동안 남편과의 대화도 많이 줄었고, 무엇보다 아이들을 오랜 시간 챙기지 못했다. 내 삶을 찬찬히 다시 객관적으로 바라보았다. 무언가가 빠져 있다는 사실을 깨달았다.

요즘 행복하지 않다. 그래서 결심했다. 퇴사하기로. 내 인생에서 한국은행은 15년으로 충분한 것 같다. 100세 인생인데, 이제 내 나이 마흔 중반이다. 정년퇴직하는 60세까지 한국은행에 남는다면, 새로운 삶을 설계하고 도전하기에 어중간한 나이가 되어 있을 것 같다.

행복은 우리 인생에서 추구하고 싶은 가장 큰 가치 중 하나이다. "나는 지금 행복한가?" 나에게 묻는다. 아마 행복하지 않은 것 같다. 차세대 프로젝트를 성공적으로 마무리했다는 성취감은 매우 컸다. 만족감도 상당했다.

한국은행 내 수많은 부서와 팀을 상대로 차세대 사업을 설명하고 그들을 이해시키고 설득해가며 사업에 참여시키고 이끌었다. 재정정보원(기획재정부), 금융결제원, 예탁결제원, 한국거래소 그리고 130여 개의 금융기관을 관리하고 커뮤니케이션하며, 계획을 수립하고, 종합 테스트를 주도했다. 이 모든 경험은 어느 직장에서도 가져볼 수 없는 값진 경험이었다. 상당한 성취감이었고, 직장 생활에서 얻을 수 있는 가장 큰 행운 중 하나라고 생각했다.

하지만 프로젝트가 끝난 후 일상적인 직장 생활을 하면서, 현재 나의 행복은 대부분 가족에게서 나온다는 사실을 깨달았다. 그동안 너무 바빠서 아이들의 웃는 모습, 밥 먹는 모습, 학교 가는 모습을 찬찬히 바라본 적이 없었다. 나에겐 그런 행복도 필요하다. 어느덧 꼬맹이였던 아이들도 엄마의 손길과 관심이 필요한 나이에 접어들었다.

남편과 아이들과 상의를 했다. 나의 퇴직에 관하여. 솔직히 소득이 줄어든다는 게 퇴사를 머뭇거리게 하는 가장 큰 걸림돌이었다. 하지만 내가 회사에 다니며 추가로 지출하던 소비를 없애고 알뜰히 생활

한다면 남편의 외벌이로도 생활에 큰 지장이 없을 것 같다. 사실 돈에 대한 큰 욕심을 내려놓으면 많은 결정이 쉬워진다.

게다가 아이들이 더 성장하기 전에, 보다 많은 시간을 함께하고 싶었다. 나를 위한 성취와 새로운 도전은 아이들이 충분히 자란 뒤로 미뤄도 된다. 인생은 기니까. 이즈음 『돈의 심리학』이라는 책에서 만났던 문장 하나가 나의 결정에 쐐기를 박았다. "자녀들은 당신의 돈을 원하는 게 아니라 당신을 원한다."

한국은행을 퇴사했다. 15년간 다녔던 내 꿈의 직장을. 동기들과 부서 선후배 동료들 그리고 함께 업무를 했던 은행 동료들 등 회사에서 좋은 사람을 많이 만났고 그들이 있었기에 나의 15년은 다른 의미로 행복했다. 새로운 행복을 찾으며 나는 한국은행에서 나왔다.

내 행복에 '타인'이 필요하더라고요

신입 행원이었을 때의 한 회식 자리를 기억합니다. 화기애애하게 끝났지만, 집으로 돌아오는 길에 전 무척 외로웠습니다. 회식 자리에서 느낀 소외감 때문이었죠. 누군가로부터 미친 듯이 위로받고 싶었습니다. 술기운에 용기를 내어 입행 후 저의 첫 책임자셨던 차장님께 무턱대고 전화를 드렸습니다. "차장님, 보고 싶고 목소리 듣고 싶어서 전화드렸어요. 잘 지내시죠?" 지금의 힘든 감정을 솔직하게 털어놓을 수 있는 누군가가 있다는 사실만으로도 감사해하면서요.

"이쁜 김 조사역~ 누가 감히 우리 김 조사역을 힘들게 해? 내가 있잖아. 힘내!" 그 순간, 저는 너무 행복했습니다. 아이나 친구들, 하물며 남편으로부터도 얻을 수 없었던 위안을 차장님에게서 얻었거든요. 그 후로 조금씩 내 행복에 '타인'이 필요하다는 걸 깨닫게 되었습니다.

알면 알수록, 경험하면 경험할수록 '소통'이 주는 행복은 컸습니다. 무엇보다 나와 소통하는 법을 익히고 나니 삶이 더욱 풍요로워졌습니다. 마흔이 넘어서야 제대로 소통을 이해하고 실천하게 된 거 같아요. 퇴사 이후에는 소소하게 지내면서도 계속 소통하는 삶을 살려고 노력 중입니다. 저의 감정을 이해하고 돌보는 것도 중요한 소통임을 잊지 않으면서요.

마흔이라는 나이는 인생의 가장 큰 갈림길인 거 같습니다. 마흔에 만들어놓은 많은 태도가 오십, 육십 대로 이어진다는 생각이거든요. 중년의 시작이라고나 할까요? 남은 중년의 시간 그리고 다가올 노년을 지혜롭게 잘 보낼 수 있도록 마흔에 좋은 사람을 많이 만나고 스스로와 잘 지내시길 바랍니다. 그리고 우린 이반 일리치나 독고와 같은 후회를 하지 말자고요!

소소하지만 챙길 만한 소통의 방법

1. **남편과 가족과 늘 대화해라**

   가족은 내 삶에 가장 소중한 사람들이다. 가족과 늘 대화하라. 남편과 아이들과 함께 마음을 나누어라

2. **보고 싶은 사람에겐 이유 없이 전화해서 안부를 물어라**

   행복엔 타인이 필요하다. 보고 싶은 사람이 있으면 '그냥~' 전화해서 안부를 묻자.

3. **대화에는 진정성이 제일 중요하다**

   소통하고 싶은 사람과 진솔한 대화를 나누자. 상대방이 열정을 가지고 임하는 게 무엇인지 물어라. 나와 그들의 공통된 관심사를 찾고 소통의 장을 가져라.

4. **유쾌한 공동체를 만들어라**

   즐거운 유대감을 나눌 수 있는 '유쾌한 공동체'를 만들거나 참여해보자. 나와 비슷한 취향을 가진 사람을 찾고 그들과 함께 그 활동을 모의하라.

5. 나와 소통해라

타인과의 소통도 중요하지만, 나와의 소통이 제일 중요하다. 읽고, 쓰고, 말하기는 자신과 소통할 수 있는 괜찮은 방법이다. 이는 '나의 정체성 만들기'로도 이어진다.

6. 독서 모임을 추천

무엇보다 독서 모임을 강력히 추천한다. 타인과의 소통, 나와의 소통에 제격이다. 책 수다를 넘어 인생에 관한 이야기로 이어지다 결국 우리는 끈끈하게 연대하게 될 것이다.

7. 내 감정을 글로 표현하기

내 감정을 언어로 표현해보자. 이는 감정을 명확히 하는 데 도움을 준다. 대상이 명확해야 이해하든 말든 할 게 아닌가.

8. 감정 돌보기

내 감정을 돌봐야 하는 주체는 바로 '나 자신'이다. 나는 내 감정을 잘 보살피고 있는가? 늘 물어보고 챙겨라.

9. 관계 정리, 환경 정리

나를 감정적으로 힘들게 하는 상황은 적극적으로 회피할 필요도 있다. 그러한 상황은 사람이 될 수도 있고, 환경이 될 수도 있다.

4장

마흔의 곧바른 마음가짐

제시카의 세상을 재미있고 아름답게!

마흔이 되고 나서야 '세상은 결국 내 마음속에 있다.'라는 문장을 이해하고 받아들이게 되었습니다. 그러자 점점 주위는 아름답고, 삶은 즐거워졌으며, 특별한 이벤트가 없어도 일상이 행복으로 물들었습니다. 삶을 대하는 저의 '마음가짐'을 바르게 하고자 한 덕이었습니다. 마음가짐이란 마음의 '습관'일 수 있고, '감정'을 대하는 자세로도 볼 수 있으며, '행복'에 관한 해석이거나 혹은 '재미'있게 살자는 다짐이기도 합니다. 오늘도 저는 제가 살아가는 이 세상을 재미있고 아름답게 만들어가는 중입니다.

1

마흔, 평생 지녀야 할 마음 습관을 만들자

"내가 이 세상을 삐딱하게 바라보면 세상은 삐딱해지고, 바르게 바라보면 바르게 변한다."

습관이란 에너지를 아끼려는 우리 몸의 기제다. 에너지는 운동하거나 신체를 움직일 때도 사용되지만 생각을 하거나 감정을 느낄 때도 쓰이므로, 습관은 마음의 작용도 포함한다. 생각하고, 결정하고, 판단하는 모든 것들이 뇌에서 이루어지는 뇌신경학적 작용이기에, 긍정적 생각을 반복하여 그 신경 회로를 강화해주면 내가 원하는 모습으로 나의 뇌 회로를 만들어낼 수 있다. 프로그램된 회로는 마음 습관이 되고, 이는 자연스럽게 우리의 생각을 이끄는 무의식이 된다.

◇ ◇ ◇

타인의 감정을 이해하는 능력, 공감

나는 어릴 땐 별로 공감의 필요성을 못 느꼈다. 어른이 되고 나서야 비로소 내가 공감력이 부족하다는 사실을 알았다. 공감 능력을 타고나지도 않았고, 공감하는 법을 딱히 배운 적도 없다. 다행히 충분히 나이가 든 지금, 공감을 이해하며 공감력을 키우고자 애쓰는 중이다.

어느 날 '공감'에 격하게 꽂혔을 때 서점에 가서 '공감'에 관한 책 두 권을 샀다. 『공감하는 능력』이라는 두꺼운 책과 『공감에도 연습이 필요합니다』라는 얇은 책이다.

우선 『공감하는 능력』을 쓴 로먼 크르즈나릭에 따르면 공감은 크게 정서적 공감과 인지적 공감이 있다고 한다. '정서적 공감'은 타인의 감정에 적절하게 반응하는 능력으로 타인의 각성 상태에 영향을 받고, '인지적 공감'은 타인의 정신 상태나 관점을 이해하는 능력으로 타인의 처지에서 생각하게 한다.

두 공감 능력은 엄연히 다른 능력으로 이 중 우리는 노력을 통하여 후자인 '인지적 공감력'을 향상시킬 수 있단다. 그 방법 중 하나가 바로 공감의 대화다. 로먼 크르즈나릭이 제안하는 공감의 대화를 위한 10가지 기본 원칙은 다음과 같다.

- 딴짓하며 대화하지 말 것, 중요한 것은 눈 맞춤

- 설교하지 말 것

- 자유롭게 대답할 수 있는 질문을 할 것

- 중간에 하고 싶은 말이 있어도 참을 것

- 모르면 모른다고 할 것

- 자신의 경험을 다른 사람의 경험과 동일시하지 말 것

- 했던 말을 또 하지 말 것

- 세부적인 정보에 집착하지 말 것

- 경청할 것

- 짧게 말할 것

알 만한 내용이지만 실천이 쉽지 않다. 중간에 하고 싶은 말이 생기면 즉시 상대방의 말을 끊고 본인 얘기를 하거나, 잘 모르는데도 아는 척하며 으스대는 사람도 있다. 상대방은 듣기 괴로운데 이에 아랑곳하지 않고, 시시콜콜 누군가와의 대화를 토시 하나 빠뜨리지 않고 들려주거나 자신이 겪은 일을 끝도 없이 장황하게 설명하는 사람도 있다.

공감의 대화를 하지 못하는 많은 사람을 보면서 늘 '나는 저러지 말아야겠다.' 생각하지만 현실에서 실천하기는 쉽지 않다. 그래서 로먼 크르즈나릭의 공감의 대화 10가지 기본 원칙을 따로 메모해두고 가끔 꺼내 본다. 공감하는 사람이 되기 위해 이것만은 실천하자는 생각으로.

사실 『공감하는 능력』은 번역본이고 두꺼워서 읽기 힘들었다. 하지만 『공감에도 연습이 필요합니다』는 술술 읽힌다. 이 책은 가짜 공감 3가지를 소개한다. 공감을 위한 대화에서 이 세 가지만 안 해도 기본은 할 수 있다.

- 자기 노출 : "나도 그런 일 겪은 적 있어!"
- 일반화 : "나도 그래, 모두가 다 그래!"
- 독심술 : "네 마음 내가 다 알아!"

공감하는 방법을 잘 몰랐던 과거엔 나도 위와 같이 행동하며 공감이라 생각한 적이 많다. 지금 생각하면 참 부끄럽지만. 우리 주변에서도 가짜 공감을 하는 사람을 쉽지 않게 볼 수 있고, 그들의 가짜 공감 때문에 깊이 상처받았던 경우도 많다. 이제는 알게 되었으니, 가짜 공감은 집어치우고 제대로 된 공감을 익혀보자.

진정한 공감을 건네고 싶다면 겉으로 나타나는 원심력 감정보다 내면에 자리 잡은 구심력 감정이 무엇인지 관심을 가져야 한단다. 상대방이 지목하는 대상으로 관심을 옮기거나 함께 분노를 표출하는 것은 전혀 공감의 방법이 되지 못한다.

구심력 감정이나 온건한 감정을 탐색하고 미러링하기 위해 가장 중요한 일은 바로 상대방이 감정을 느끼는 대상에 대해 가지고 있는 바람을 묻는 것이며 이게 진짜 '공감'이라고 얘기한다. 그리고 '왜'라는 질문은 상대방에게 단절감을 주는 닫힌 질문이므로, 상대방의 마음속 이야기를 충분히 할 수 있도록 허용하는 열린 질문을 하는 게 필요하다고 강조한다.

나는 '공감'이란 배울 수 있는 무엇이며, 연습을 통해 익힐 수 있다는 사실을 서서히 알아간다.

평온함을 얻는 능력, 단순함

우리는 내가 처한 상황이 제일 복잡하고 중요하다고 느끼곤 한다. 그런데 나이가 드니 자연스럽게 내 상황을 한 발짝 떨어져서 바라보는 현명함이 생겼다. 복잡하고 어렵게 보이지만 한편으로 생각하면 누구나 겪을 수 있는 상황이다. 단순하게 생각하자.

유일하게 내가 통제할 수 있는 것은 '나의 마음'이지 않은가. 단순하게 생각하되 명확해지려고 노력한다. 단순하되 명확함은 더욱 강해지고 나는 점점 편안해진다.

단순함이 필요한 상황은 뭐니 뭐니 해도 직장 생활이었다. 한창 업무로 바쁜 나날을 보내던 시기에 미국의 사회심리학자 에이미 커디의 TED 강연이 눈에 들어왔다. 특히, 사람들이 타인을 판단하는 데 중요한 두 가지 요인이 '따뜻함'과 '유능함'이라고 말하는 부분이 마음에 와닿았다.

'따뜻함'과 '유능함'이라…. 나는 이 두 개념이 직장 생활의 핵심이라는 생각에 미쳤다. 한창 한국은행 차세대 프로젝트를 수행하느라 바뺄 때, 나에게 거는 최면 중의 하나가 바로 '단순함'이었고, 이를 위해 딱 이 두 가지만 챙기자고 생각했다.

시청역에 내려 사무실로 걸어가는 길에 나 자신에게 되뇐다. "내가 오늘 직장에서 필요한 것은 '따뜻함'과 '유능함'이다." 동료를 챙기되, 내가 맡은 일만큼은 책임지고 잘해야 한다는 다짐을 잊지 않는다.

워낙 규모가 큰 프로젝트라 복잡하게 생각하면 끝이 없다. 단순해 지자는 주문이 절대적으로 필요했다. 그렇게 매일매일을 버텼고, 그러자 나에 대한 주변 사람의 평이 점점 좋아졌다. 급기야 후배로부터 '과장님은 천사세요.'라는 말까지 듣게 된다. 이렇게 큰 찬사를 언제 받아 보겠는가. 후배는 진심으로 나를 신뢰했고 자신의 애정을 가장 적절한 방법으로 표현했다고 믿는다.

단순하게 생각하자. 중요한 핵심은 제대로 챙기되, 나머지는 단순 화한다면 복잡해 보이는 상황도 그렇게 어렵지만은 않을 것이다. 그 렇게 '단순함'은 나의 주요한 마음 습관으로 자리 잡았다.

◇ ◇ ◇

행복해지는 능력, 감사

뭐니 뭐니 해도 가장 큰 감사는 '살아 있음'이다. 내가 살아 있기에 사랑스러운 아이들과 남편과 함께 맛있는 음식을 먹고 충만한 감정을 나누며 행복한 시간을 보낼 수 있고, 친구와 지인들과 함께 수다 떨며 즐겁게 지낼 수 있다.

아침에 일어나 제일 먼저 '살아 있음'에 감사한다. 하루를 시작하는 하나의 리추얼로 이만큼 제격인 게 또 있을까. 이는 베르나르 베르베르의 소설 『죽음』에서 영감을 얻었다. 주인공인 영매 루쉬는 매일 아침 주문을 외운다.

"살아 있음에 감사합니다.
육신을 가진 것에 감사합니다.
오늘도 존재의 행운을 누릴 수 있는 만큼
이에 부끄럽지 않은 하루를 살게 되기를 소망합니다.

제 재능이 생명 전반에 유익하게 쓰이도록,
특히 살아 있는 제 인간 동족들의 의식 고양에 기여하도록
최선을 다하겠습니다."

정말이지 감동적인 문구이지 않은가. 특히 책을 완독하고 나서 다시 마주하는 이 문구는 경이로움 그 자체였다. 이 주문을 읽으니 가슴이 떨려왔다. 감사의 표현과 하루를 잘 살기 위한 진정성 가득한 표현이다. 가끔은 루쉬의 주문을 아침에 일어나 조용히 읊조리기도 한다.

그 이후로 쭉 나는 '살아 있음'에 감사한다. 가장 낮은 층위의 감사함이 아닐까.

감사함의 마음 습관은 효과가 크다. 아침에 '살아 있음'에 감사한 하루는 감사할 일로 넘쳐난다. 살아 있는 것도 감사한데, 오늘 남편과 공원을 산책하며 오붓한 시간을 보냈고, 몸과 마음의 평온함까지 챙긴다.

살아 있는 것도 감사한데, 오랜만에 보고 싶은 언니를 만나 수다를 떨며 즐거운 시간을 보냈다. 게다가 맛있는 저녁까지 사주신다. 감사하고 감사하다.

살아 있는 것도 감사한데, 평소에 자기 방에서 게임만 하던 아들이 엄마 방에 놀러 와서 농담하며 해맑은 얼굴로 웃어주기까지 한다. 아이들이 건강하고 행복하니 이보다 더 감사한 게 또 있을까. 내 마음은 조금씩 감사함을 느끼는 순간순간이 많아지고 있다.

◇ ◇ ◇

잘 살고 있다는 확신, 바른 마음

나의 모습을 결정하는 것은 바로 나의 마음이다. 그러므로 내가 바른 마음을 가져야 내가 바른 모습을 갖추게 된다. 내가 바라보는 세상을 결정하는 것도 바로 나의 마음이다. 바른 마음을 가져야 세상도 바른 모습이 된다.

나는 어릴 적부터 주변 환경과 사람들에게 불만이 많았다. 시작은 할머니가 아니었을까. 할머니는 당신이 집안의 최고 어른으로 군림하려 하셨고, 엄마에게 고된 시집살이를 시키며, 편견과 아집에 사로잡혀 사는 분이셨다. 나는 사춘기에 접어들면서부터 할머니가 미웠고, 할머니와 함께 살아야 하는 상황이 싫었다. 그런 마음가짐은 대학에 진학하고 세상에 발을 내디딘 이후에도 계속되었다. 한마디로 피해의식에 사로잡혀 있었다.

지금 생각하면 내가 참 어리석었다. 나를 힘들게 하는 장본인은 바로 나 자신이었는데 말이다. 나이가 들면서 점점 불만의 마음이 수그러들었다. 그리고 어느 날 마주한 문장 하나가 나를 그 자리에 멈춰 세웠다. "세계 속에 당신이 있는 것처럼 느껴지지만 사실은 당신 속에 세계가 있다."

내 안에 내가 바라보는 세계가 존재한다니…. 관점의 차이에서 오는 심오한 깨달음이었다. 이 한 문장은 어릴 적 나를 힘들게 했던 나의 감정들에 대해 다시 생각해보는 계기가 되었다. 그 이후로 항상 되뇐다. 내 마음속에 내가 바라보는 세계가 존재한다고. 내가 이 세상을 삐딱하게 바라보면 세상은 삐딱해지고, 바르게 바라보면 세상은 바르게 변한다고.

어릴 적 마음속에 켜켜이 쌓여 있던 불평불만은 바로 내가 스스로 만들어낸 것들이었다. 늦었지만 나 자신을 반성했다. 그리고 내 마음속에 내가 바라보는 세계가 있음을 인지하고, 나 자신을 바르게 하려고 노력한다. 바르게 보고, 바르게 생각하고, 바르게 말하고, 바르게 행동하기를.

나이가 들면 가끔 마음에 게으름이 들어오려 할지도 모른다. 그냥 살던 대로 살라고 유혹한다. 그래서 계속 의식적으로 습관을 들여야 한다. 바르게 하기 마음 습관을.

2

안방 말고 이젠 내 방을 갖고 싶다고

"어떤 행동을 습관으로 만들고자 한다면 제일 먼저 공간에 대해 생각해볼 필요가 있다."

습관에 대해 알아가고 탐색을 하던 중 '공간'에 관심이 가기 시작했다. 공간은 습관 형성에 매우 중요한 요소다. 왜냐하면 특정 공간에서 반복적으로 수행하는 활동이 있다면, 우리는 해당 공간에서 그 활동을 애쓰지 않고도 수월하게 다시 시작할 수 있기 때문이다. 또한 내가 만든 다양한 습관은 나에게 시간을 선물한다. 누구에게나 주어진 24시간이 아니라, 나만 느끼고 경험하는 24시간을 초과하는 시간이다. 돈 많은 사람, 멋진 외모를 가진 사람, 명예를 가진 사람 부럽지 않다. 나는 내가 가장 가치 있다고 느끼는 '시간'을 많이 가진 사람이 된다.

◇ ◇ ◇

나도 '나만의 공간'을 갖고 싶어

우리의 활동은 모두 특정 공간에서 이루어진다. 특히 습관은 익숙한 공간과 연결되어 있으므로 어떤 행동을 습관으로 만들고자 한다면 제일 먼저 공간에 대해 생각해볼 필요가 있다.

버지니아 울프가 『자기만의 방』에서 "여성이 픽션을 쓰기 위해 자물쇠가 달린 방이 필요하다."고 한 것은 글쓰기 습관을 만드는 데 '공간'이 얼마나 중요한 요소가 되는가 보여주는 한 예이다. 나 또한 습관을 형성하기 위해 우선적으로 해결하고 싶었던 것은 바로 '나만의 방' 혹은 '나만의 공간' 만들기였다.

지금 내 삶에 정착된 좋은 습관을 만드는 과정은 나만의 공간을 만드는 과정이었다고 해도 무방하다. 이 책의 시작부에 소개했던 집에서 지금의 집으로 이사를 오며 다행히 방이 4개가 되었다. 엄마가 아이들을 돌봐주셨기에 엄마 방이 하나, 그리고 딸 방, 아들 방 그리고 안방이 있었다. 여느 집처럼 나에게 허락된 독립된 공간은 없다.

'이제는 정말 나만의 공간을 갖고 싶다.'라고 생각하며 하루하루를 보내던 중, 회사 동료에게 이런 나의 고민을 얘기했다. 베란다를 내 공간으로 만들고 싶은데, 겨울에는 춥고 여름에는 더울 것 같다며, 그리고 전세라 집의 구조를 바꿀 수도 없다는 하소연이었다.

동료는 생각을 바꿔보라고 조언했다. 굳이 독립된 방이 아니어도 되지 않냐고. 거실이 넓은 편이니 한쪽에 책상을 하나 두는 것만으로도 충분히 책 읽고 사색할 수 있는 공간은 마련할 수 있다며.

오~ 별것 아닌 것 같지만, 그 아이디어는 정말 참신했다. 방이 아니라 거실을 활용할 것! 우리 집은 거실이 넓지만, 거실 일부는 죽은 공간이다. 4bay 구조인데 거실만 확장이 되다 보니, 베란다로 통하는 문들이 거실 양쪽으로 나 있다.

과감히 거실에서 작은방 베란다로 나 있는 문을 막기로 했다. 그리고 거기에 독서실 책상을 마련해 넣었다. 완벽했다! 이전에 죽어 있던 공간이 완벽하게 나의 독립된 공간으로 탈바꿈했다. 'ㄱ' 자 독서실 책상을 거실을 바라보게 배치했더니 입구 있는 'ㄷ' 자 형태의 공간이 생긴 것이다.

아이들이 태어난 이래 처음으로 나만의 공간이 생겼다. 그리고 여기서 나의 습관들이 하나, 둘 만들어지기 시작했다.

아침에 일어나자마자 따뜻한 물 한잔을 마시고, 책상 옆 거실 매트에서 간단한 스트레칭과 스쿼트를 한다. 그리고 내 책상에 앉아 오롯이 새벽 독서와 글쓰기를 진행한다. 다른 가족들은 모두 각자의 방에서 아직 꿈나라에 있기에 그 시간만큼은 거실이 나의 공간이 되고 특히 이 책상이 차지한 한 블록은 온통 내 세계가 된다.

어설프지만 이렇게 '나의 공간'을 만든 것은 좋은 계기가 되었다. 이후 필요하다면 적극적이고 과감하게 새로운 공간을 만들어냈다.

거실의 내 공간은 새벽에는 유용하지만 낮에는 활용도가 떨어졌다. 그래서 이번에는 넓은 안방을 이용해보기로 했다. 오래되고 공간을 많이 차지하고 있던 20년 된 서랍장을 버렸다. 그리고 그 공간에 다시 새로운 독서실 책상을 들였다. 안방에는 벽면 모서리를 온전히 이용할 수 있기에 'ㄱ' 자가 아닌 그냥 와이드한 형태의 독서실 책상을 장만했다. 효과는 좋았다. 그 공간에서 나는 낮에도 온전히 머무를 수 있었다.

내가 퇴사하고 엄마가 고향으로 내려가시고 나니 빈방 하나가 생겼다. 이제 온전한 '나만의 방'을 만들 수 있게 되었다. 설렜다. 마흔 중반에 드디어 나는 '나만의 방'을 갖게 된 것이다.

1.4m 너비의 책장을 벽면에 설치하고, 높낮이 조절 와이드 책상을 방문을 바라보도록 배치했다. 자그마한 3인 패브릭 소파를 한쪽 벽에 두고, 소음 방지 매트를 콤팩트하게 바닥에 깔고, 한쪽 벽면에 전신 와이드 거울을 들였다.

사색의 공간, 공부하는 공간, 책 읽는 공간, 거기에다 운동할 수 있는 공간을 겸하는 방이다. 얼마 전 슈퍼싱글 매트리스와 침구를 들이면서부터 이제는 잠까지 여기서 혼자 잔다. 완벽한 '나만의 방'이 만들어졌다.

여기서 나는 정말 많은 시간을 보낸다. 새벽에 일어나면 평소에 하던 기상 루틴을 수행한 뒤 책상에 앉아 스탠드를 켜고 나만의 새벽 활동에 오롯이 몰입한다. 책을 읽고, 글을 쓰고, 필사하고, 블로그를 한다.

새벽 시간에 집중이 잘되기에 새벽에는 주로 긴 호흡이 필요하거나 높은 독해력이 필요한 책을 읽는다. 니체나 카뮈의 작품들은 주로 새벽 시간에 읽었다. 책들은 쉽지 않지만 한 문장 한 문장 따라가다 보면 어느새 나는 책 속으로 깊숙이 빨려 들어간다. 혼연일체란 이럴 때 쓰는 표현일까. 나는 주인공이 되기도 하고, 그들을 탄생시킨 작가가 되기도 하고, 그들을 관조하는 신이 되기도 한다. 짧은 시간이지만 나는 온전히 새로운 세상을 경험한다.

서서히 새벽이 밝아온다. '나만의 방'에서 책이나 글쓰기에 몰입한 상태에서 맞이하는 새벽은 힐링이다. 오늘 하루도 정말 알차게 시작했다는 뿌듯함이 크다. 누군가는 이제야 잠에서 깨어 눈을 비비며 뒤척이고 일어나지만, 나는 벌써 충만한 하루를 보내는 중이다.

나의 새벽 루틴, 그리고 하루를 시작하는 주요한 활동들은 여기 이곳, '나만의 방'에서 이루어졌다. 그런 활동들은 이제 내가 애쓰지 않아도 자연스럽게 배어 나오는 습관이 되었다.

머물고 싶은 공간을 찾아다니다

집에 온전히 내 공간이 없을 때, 혹은 변화를 주고 싶을 때면 밖에서 '나만의 공간'을 찾는다. 책을 읽기 시작한 초반에는 집 앞 스터디카페를 애용했다. 일찍 퇴근해도 아이들이 학원 가고 집에 없는 요일에는 가끔 2시간가량 머물렀다가 집에 들어갔다. 2시간 동안 할 수 있는 것은 많았다. 나는 주로 책을 읽거나 생각을 정리했다. 그렇게 밖에서 '나만의 공간'을 적극적으로 찾아다녔다.

외부에서 머무를 공간을 찾기 위해선 또 다른 의식적인 노력이 필요하다. 집 근처 '책 읽기 좋은 카페' 혹은 '노트북 하기 좋은 카페'를 검색해서 한 군데씩 방문해본다. 요즘은 워낙 카페들이 많아서 이런 곳을 찾는 게 어렵지는 않다. 그렇게 나만의 공간을 제공해줄 카페 목록이 하나둘씩 늘어갔다.

뭐니 뭐니 해도 최후의 보루는 구립도서관이다. 내가 주로 애용하는 곳은 광진정보도서관이다. 여기는 광진구에 살 때부터 다니던 곳으로 강변북로와 접해 있어 자차를 이용하는 나로서는 접근이 무척 쉽다. 확 트인 공간에 한강을 바라보며 온종일 책을 읽거나 생각을 정리할 수 있는 이상적인 공간이다.

지금 생각하는 새로운 공간은 이동 수단이다. 특히, 지하철은 사람이 많고 북적거려도 집중이 정말 잘되는 공간이다. 혼자 튀면서 떠드는 사람만 없으면 완벽한 백색소음을 갖춘 곳이다. 나도 출퇴근길에 지하철용 책들을 들고 다니며 읽었던 기억이 있다.

이 개념을 비행기나 기차에까지 확대해본다. 비행기를 타고 제주도에, 기차를 타고 강릉이나 부산을 다녀오는 혼자만의 여행을 계획할 때면, 이동하면서 내가 머무를 이동 수단 속 공간을 미리 상상한다. 이는 '나만의 공간'의 확대다.

이동 수단이 주는 공간과 낯선 여행지의 공간이 어우러져서 하나의 큰 '나만의 공간'이 되기도 한다. 그리고 그 공간에서 나는 평소의 활동을 계속한다. 책을 읽고, 사색하고, 글을 쓴다.

◇ ◇ ◇

시간의 속도와 밀도는 상대적이다

모든 사람에게 하루는 24시간이다. 하지만 시간이 흐르는 속도는 개인마다 다르고, 따라서 주어진 시간의 양도 모두 다르다. 시간의 속도와 밀도는 상대적이다.

가을 숲에서 눈을 감고 귀를 쫑긋 세우고 풀벌레 우는 소리를 온몸으로 들어보라. 그 사이 시간은 재깍재깍, 풀벌레 우는 소리에 맞춰 천천히 흘러간다. 1초, 2초, 3초…. 인기 있는 예능 프로그램을 보다 보면 1시간, 2시간은 정말 훌쩍 지나간다. 내가 예능을 보면서 쏜살같이 흐르는 시간을 경험하고 있을 때, 누군가는 숲속에서 1분 1초 자연을 느끼며 느린 시간을 경험할 수도 있다.

새벽 5시에 일어나 2시간 동안 운동과 독서를 한 후 7시부터 출근 준비하는 박 과장과 7시에 일어나자마자 욕실로 직행하여 출근 준비하는 이 과장. 이들에게 주어진 하루의 길이는 명백히 다르다. 박 과장은 하루가 충분히 길다고 생각할 수도 있고, 이 과장은 책 읽을 시간이 없을 정도로 하루가 짧다고 생각한다.

모든 시간은 상대적이다. 개인마다 서로 다른 속도의 시계를 가진다. 나의 시계는 어떻게 흘러가는가. 내가 바로 내 시계의 동작을 설계하는 주체이다. 하루 1시간을 무의미하게 흘려보내는지 충만하게 보내는지는 나의 습관에 달려 있다.

◇ ◇ ◇

주어진 한도를 초과하는 시간을 경험하다

"그 시기에 나는 옥수수가 밤새 자라듯 성장했다. (중략) 그런 시간들은 내 삶에서 공제되는 시간이 아니라 오히려 나에게 평소 허락되는 한도를 훨씬 초과하는 시간이었다." 이는 내가 좋아하는 『월든』의 문구이다. 생각과 행동이 습관이 될 때, 우리는 평소에 자신에게 주어진 한도를 초과하는 시간을 경험한다.

회사에서 차세대 프로젝트를 수행하며 한창 바쁠 때, 『월든』의 이 문구가 가슴에 꽂혔다. 그때의 내 삶이 그랬기에 더욱 와 닿았다. 나는 상식적으로 생각할 수 있는 아웃풋의 한계를 넘어서며 '한도를 훨씬 초과하는 시간'을 경험하는 중이었다. 아웃풋은 '사고'의 아웃풋일 수 있고, '작업' 결과일 수도 있다. 소로의 경우는 '사고'의 한계를 넘었던 게 아닐까. 나의 경우는 '생각'의 한계 그리고 '작업'의 한계가 모두 해당되었다.

프로젝트를 하는 동안 회사에서 나는 새로운 인격체가 되었다. 사무실이라는 익숙한 공간 안에서 반복된 생각과 활동은 새로운 나를 탄생시켰다. 평소의 내가 아니었다.

생각은 꼬리에 꼬리를 물고 계속 깊어진다. 그 생각을 놓칠세라 끊임없이 수첩에 기록한다. 중간중간 회의나 미팅으로 생각의 흐름을 방해하는 일정이 생겨도, 수첩만 들춰보면 다시 나는 기존의 사고 속으로 들어갈 수 있었다.

프로젝트를 진행하며 지금 상황에서 필요한 프로세스는 무엇일지 화장실 가면서도 고민했다. 그리고 가장 중요한 기본 전제를 되새기고 또 되새긴다. '진정성'과 '투명성', 그리고 '신속한 의사 결정'이 바로 그것이었다. 프로젝트의 진정성과 투명성이 유지되고 있는지, 부족한 부분이 있다면 어떤 활동이 필요한지, 앞으로 있을 수많은 의사 결정 중 지금 미리 준비해둘 사안이 없는지 끊임없이 생각하고 기록하고 제안하고 행동했다.

나에게 명시적으로 맡겨진 '○○ 업무'도 중요하지만, 더욱 중요한 것은 '프로젝트'라는 큰 숲이라고 생각했다. 프로젝트를 전체적으로 점검하고 필요한 게 있으면 과감히 제안하고 추진했다.

출근하기 위해 집을 나서면 회사 모드로 스위치를 켰다. 회사 사무실까지 가는 데 걸리는 1시간 남짓은 그날의 업무에 대해 그리고 프로젝트 전체 진행 상황을 조망해보는 시간이었다. 그리고 퇴근길에는 오늘 하루 부족한 부분이 없었는지 반추해보고, 내일 챙겨야 할 일이 있다면 빨간 펜으로 밑줄 쫙 그어두었다.

몇 년에 걸쳐 이런 생활을 하고 있었으니, 앞의 『월든』의 문구를 보고 가슴이 쿵쾅거리지 않을 수 없었다. '한도를 초과하는 시간'이라…. 그렇게 1시간, 1분, 1초로 시간을 세분화해서 몰입하며 일하는 습관을 들이면서 평소 사고량과 작업량의 한계를 넘는 짜릿한 경험을 할 수 있었다. 나에게 주어진 시간의 상대적인 양을 늘릴 수 있게 된 것이다.

게다가 '시간의 우선순위' 개념을 알고부터는 시간을 더욱 잘 활용하는 법을 터득했다. 시간이 많이 소요되고 적게 소요되느냐의 순위가 아닌, 나에게 무엇이 중요한지 우선순위를 가지고 시간을 할당한다. 이러한 습관을 통해 내 생에 가장 바쁜 회사 생활을 하고 있으면서도 책을 읽고, 블로그를 하고, 독서 모임도 빠지지 않고 다녔다.

시간과 공간을 활용하는 법을 터득하고 이들을 습관으로 들이고 나니 평소 나에게 '주어진 한도를 초과하는 시간'이 더 생겨난 것이다.

엄마도 아빠도 노는 게 제일 좋아!

"인간으로 태어나, 충실한 삶을 사는 방법의 하나가 '재미 찾기'다."

우리는 어른이 되면서 어느 순간부터 노는 것을 등한시하게 되었다. 놀이는 아이, 일은 어른의 역할인 양. 하지만 이제는 안다. '놀이'는 인간이라면 누구나 추구해야 할 그 무엇이다. 왜냐하면 놀이는 인간의 본능이기 때문이다.

◇ ◇ ◇

당신은 삶에서 어떠한 재미를 추구하고 있나?

재미를 추구할 나이는 정해져 있지 않다. 우리가 이 세상에 태어난 순간부터 죽을 때까지 재미를 찾고 즐거움을 추구하면 된다. 어른이라고 안 될 게 뭐가 있겠는가. 순수한 즐거움을 찾을 권리는 어른에게도 있다.

이러한 어른의 재미 찾기를 방해하는 여러 요소가 있는 게 사실이다. 취업이라는 인생 최대의 난관, 그리고 결혼에 이은 육아라는 최대의 고비를 온몸으로 살아내면서 자연스럽게 '재미'는 사치스러운 것으로 치부된다.

하지만 좀 더 현명해질 필요가 있다. 이러한 난관을 빠져나오고 나면 허무함이 남고, 무엇에도 즐거움을 느끼지 못하는 무감각이 내 삶을 장악하고 있을지도 모른다. 가늘더라도 재미로 향하는 끈을 놓지 말아야 한다.

나의 경우 둘째를 낳고 육아를 하면서 일주일에 한 번 문화센터 그리기 수업에 참여했고, 두 아이를 키우며 대학원 논문을 쓰면서도 손에서 책을 놓지 않았다. 회사에서 차세대 프로젝트를 하느라 주말에도 쉬지 않고 출근해서 젖 먹던 힘을 짜내가며 일을 할 때도 한 달에 한 번 평일 독서 모임은 빠지지 않고 참여했다.

회사 밖에서 난 항상 뛰어다녀야 했지만, 그 힘들고 어려웠던 시기가 지나고 나니, 그동안 내가 유지해왔던 '재미 찾기' 습관은 더욱 단단해져 있었다.

2021년 넷플릭스 화제작 〈오징어 게임〉을 기억하는가? 봤다면 혹시 가장 인상 깊었던 장면은 무엇인가? 나에겐 마지막 장면이 명장면이었다.

이정재는 오징어 게임을 주관한 호스트를 대면하고 그에게 질문을 던진다. "왜 이런 게임을 만들었냐?"고, "무엇을 위해 이런 걸 하냐?"고. 호스트는 대답한다. "재미가 없어서." 그는 덧붙인다. "나는 돈을 많이 모았네, 그런데 자네, 돈이 없는 자와 돈이 많은 자의 공통점이 뭔지 아는가? 재미가 없다는 거야. 나는 돈이 많았지만, 삶에 재미가 없었네. 그래서 재미를 찾기로 했지." 호스트의 답변을 듣는 순간 온몸에 전율이 흘렀다. '그래! 나이를 불문하고 삶은 재미있어야 해….'

'재미'는 인간이라는 동물의 보편적인 욕구다. 그러니 어른들도 적극적으로 재미를 추구해야 한다. 인간으로 태어나, 충실한 삶을 사는 방법의 하나가 '재미 찾기'다.

당신은 당신의 삶에서 어떠한 재미를 추구하고 있나 곰곰이 생각해보자. 딱히 떠오르는 게 없다면 쉽게 생각하자. 순수한 마음으로 온전히 즐거움을 누릴 수 있는 활동이면 된다. 어릴 적 내가 순수한 즐거움을 느꼈던 활동에서 힌트를 얻을 수도 있다. 진지하게 '재미 찾기'를 해보자.

◇ ◇ ◇

일만 하고 놀지 않는 바보가 되지 말자

엘리자베스 퀴블러 로스의 『인생수업』에서 만난 문장은 나를 뜨끔하게 했다. "지난 삶을 되돌아보면서 죽음을 앞둔 사람들이 가장 많이 하는 후회는 '인생을 그렇게 심각하게 살지 않았어야 하는 건데…' 하는 것입니다." 과연 나는 생을 마감할 때 이런 후회를 하지 않을 수 있을까.

중학생이 된 이후로 놀이와 서서히 멀어진 것 같다. 나는 공부나 일만 하는 놀지 못하는 바보였고, 그래서 균형을 상실한 채 지루한 삶을 살았다. 재미나 즐거움을 찾는 것에는 죄책감을 느꼈다. 그런데 어른이 되고 나니 정작 제일 부끄러운 건 놀이의 즐거움을 억누른 채 제대로 놀지 못하는 나의 모습이었다. 한마디로 어리석은 어른이었다.

나는 이제 재미와 놀이를 찾는 데 적극적이다. 놀이로 삼을 수 있는 것들은 무수히 많다. 내가 즐거움을 느끼는 것들은 온전히 나에게 놀이가 된다.

엘리자베스 퀴블러 로스는 '놀이'를 모든 생명을 가진 존재의 생명력이라고 말한다. 마음을 젊게 만들어주고, 일에 활기를 불어넣어 주며, 인간관계를 잘 맺게 해주기도 한다고. 젊음을 되돌려 주는 것도 바로 '놀이'다. 나중에 후회하지 말고, 더 늦기 전에 놀이를 추구하며 삶을 충만하게 살아보자.

◇ ◇ ◇

우리의 인생 미션은 바로 매 순간을 재밌게 사는 것이다

타로 마스터인 정회도 작가의 『운의 알고리즘』을 읽었다. 운과 운명의 작동 원리에 관한 이야기다. 인생에서 맞닥뜨리는 무수한 선택지 앞에서 어떻게 현명한 선택을 하고 행동할지에 관한 조언이 담겨 있다. 나의 운을 조종하는 것은 나의 마음과 선택이고, 운은 내가 만들어가는 것이라고.

이렇게 책에 몰입해서 재밌게 읽고 있는데, 갑자기 '게임 캐릭터' 이야기가 나온다. 인간은 지구라는 별에 게임을 하러 온 하나의 캐릭터라고 한다. 이 게임 참가자에게는 두 가지 공통 미션이 주어지니, 그 첫 번째 미션은 지구에서 다양한 경험을 하고 그 경험 안에서 깨달음을 얻는 것이다. 그리고 두 번째 미션은 바로 매 순간을 재밌게 사는 것!

처음 이 부분을 읽었을 때는 '인생이 게임이라고? 장난하나….'라고 생각했다. 하지만 내 마음이 계속 저 내용에 머물러 있는 게 아닌가. 뭔가 미션이라고 하니 열심히 해야 할 것 같기도 하고. 특히 난 두 번째 '미션'에 빠져들었다. '운'과 '운명' 얘기도 좋았지만 '재미'를 이야기하는 부분에서는 두 눈을 동그랗게 뜨고서 읽어나갔다.

언젠가 있을 죽음의 순간을 상상해본다. '재미'를 추구하며 즐겁게 산 인생이라면 후회 없이 '잘 살았구나.'라며 흐뭇하게 눈을 감을 수 있을 거 같다. 그래서 재미를 추구하는 데 사명을 다해야겠다고 생각했다. 두 주먹을 불끈 쥐며! 미션 클리어를 위하여~.

『노는 만큼 성공한다』에서는 '진짜 성공한 사람'이란 노후의 아이덴티티가 분명한 사람이라고 한다. 이 아이덴티티는 외부에 의해 부여된 게 아니라, 스스로 찾은 것이어야 한다고. 나도 회사에서 부여한 '과장'이라는 직함이 아니라 내가 직접 나의 아이덴티티를 찾겠다는 생각으로 회사를 나왔다. 내가 하고 싶은 일로, 내가 즐기는 일로 나의 아이덴티티를 만드는 거다. 이 책에서도 사장, 은행장, 장관, 교수와 같은 일시적인 지위로 평생을 사는 사람을 안타까운 사람으로 본다. 노후의 아이덴티티는 자신만의 재미로 얻어야 한다고.

나만의 노후 아이덴티티에 대해 항상 생각한다. 나이 든 나의 모습을 상상한다. 내가 어느 공간에서 어떤 일을 하고 어떤 감정을 느끼며 살아갈지 상상해본다. 물론 즐겁고 충만하고 행복한 삶일 것이다. 여러 가지 재미난 일을 하는 삶일 것이다.

지금 내가 즐기는 취미와 관심들은 모두 이 노후의 내 아이덴티티를 위한 밑거름이다. 이런 지속된 상상은 결국 나중에 그런 삶을 사는 모습으로 나를 이끌 것이라 확신한다.

◇ ◇ ◇

노는 게 제일 좋아!

『노는 만큼 성공한다』에서 저자는 말한다. "우리는 놀이를 통해 인간이 되고, 놀이를 통해 또 다른 인간들을 키워낸다." 이는 인간이 '눈맞추기', '정서 조율', '공동 주의 집중'과 같은 놀이를 통해 세상을 이해하고 세상을 바꿔가는 능력을 배우기 때문이라고. 놀이를 통해서 성장했고 놀이를 통해 인간을 키워낸다니. 너무 와 닿는 말이다.

이처럼 놀이는 인간의 본능인데, 어른들은 아이들에게 어느 시기부터 '놀이'에서 손을 떼라고 한다. 살살 구슬리다가 윽박지르기도 하고 급기야 소리치고 혼낸다. 그런데 인간의 본능을 억제하려고 하니 잘 안 된다. 특히나 잘 놀지 못하는 어른들이 심하다. 어른인 내가 노는 중이라면, 신나게 노는 아이들을 보면서도 혼낼 수가 없다. 나도 놀고 있기 때문이다.

내가 요즘 즐거움을 느끼며 행하는 놀이는 어릴 적 기억과 관련이 있다. 주로 기분 좋은 느낌을 받았던 장면들이다. 참고로, 미술이 나에겐 그런 영역 중 하나다. 그래서 지금도 나는 그림에 대한 즐거움을 추구한다.

어린 시절 내가 좋아하던 놀이가 평생을 두고 나를 즐겁게 하고 내 삶을 풍요롭게 한다. 이 사실은 아이를 키우는 부모의 입장에서 중요한 깨달음을 준다. 아이들이 좋아하고 즐거워하는 것은 하도록 내버려두자. 아이들도 우리와 마찬가지로 삶을 누리고 놀이를 하려고 이곳에 왔으니.

어느 날 아들에게 책을 읽으라고 했다. 그랬더니 아들의 대답이 나의 정곡을 찔렀다.

엄마 : "아들~ 책을 너무 안 읽는 거 같은데…. 책 좀 읽자!"

아들 : "(잠시 고민하더니) 엄마한테는 책 읽기가 재미있는 거잖아. 나한텐 게임이 재밌다고. 엄마는 재밌는 거 하면서, 왜 나는 재미있는 거 못 하게 해? 불공평해!"

엄마 : "(내가 재밌다고 생각하는 것을 아들에게 강요했군. 반박을 못 하겠다.) 그래 너 재밌는 거 해~. 엄마도 엄마 재밌는 거 할게~."

뽀로로는 나의 우상이다. 뽀로로 노래를 다시 한번 살펴보자. 구구절절 내 마음을 그대로 담아내고 있다. 나는 노는 게 제일 좋다. 친구들 모여라. 언제나 즐겁다. 오늘은 또 무슨 일이 생길까 설렌다. 뽀롱뽀롱 뽀롱 뽀롱 뽀로로~~~.

"이야 뽀로로다!
노는 게 제일 좋아

친구들 모여라

언제나 즐거워

개구쟁이 뽀로로

눈 덮인 숲속 마을

꼬마 펭귄 나가신다

언제나 즐거워

오늘은 또 무슨 일이 생길까

뽀로로를 불러봐요

뽀롱뽀롱 뽀로로 뽀롱뽀롱 뽀로로

뽀롱뽀롱 뽀롱뽀롱 뽀롱뽀롱 뽀롱뽀롱 뽀로로

노는 게 제일 좋아

친구들 모여라

언제나 즐거워

뽀롱 뽀롱 뽀롱 뽀롱 뽀로로"

이 노래를 듣고 있으면 언제나 즐겁다. 긴장을 풀고 소리 내어 뽀로로 노래를 불러보자. 굳었던 얼굴은 활짝 펴지고 가라앉아 있던 마음은 붕붕 떠오른다. 즐겁다. 이제 깨닫는다. 나도 노는 게 제일 좋다! '놀이'는 인간의 본능이다. 본능은 거부하면 안 된다. 본능에 충실해야 한다. 본능에 충실한 삶을 살아보자.

그동안 내가 읽은 책에서 놀이의 가치를 이야기하는 부분을 찾아보았다.

1. 정재승의 『열두 발자국』에서 네 번째 발자국의 주제가 '놀이'이다. 특히 나에게 와 닿았던 한마디는 "사람이 놀지 않고 일만 하면 바보가 된다고 하죠?" 바보 되기 싫으니까 놀아야겠다. 우리가 노는 시간은 바로 행복한 시간이다. 놀이는 늘 내 삶의 화두다.

2. 『보노보노처럼 살다니 다행이야』에 나오는 대화를 읽으며 그들의 참신한 발상에 고개를 끄덕인다.

너부리 : "취미란 노는 거야. 어른이 '논다'라고 하면 멋없으니까 취미라고 부르는 것뿐이야."

햇내기 : "어른이 되고 나서도 놀기 위해서 취미란 게 있는 거야."

3. 김민식 PD의 『매일 아침 써봤니』에서도 잘 놀아야 한다고 강조한다. 능동태 라이프를 살라고 한다. 특히 인간의 수명이 길어지는 만큼 우리는 긴 시간을 놀아야 한다고. "인간은 무엇을 하며 시간을 보내게 될까요? 놀면서 살아야 합니다. 그것도 능동적으로, 적극적으로, 아주 잘 놀아야 합니다."

4. 김정운 교수는 『노는 만큼 성공한다』에서 말한다. "삶의 가장 중요한 목적은 내가 행복해하고 재미있어하는 일을 발견하는 것이다."라고. 그리고 "적극적으로 삶의 재미를 추구하라."고.

맞다. 다 맞는 말이다. 요한 하위징아는 유희하는, 즉 놀이하는 인간 '호모 루덴스'를 주장하지 않았던가. 생각하기와 만들어내기처럼 중요한 제3의 기능이 바로 '놀이하기'라고. 다들 이렇게 강조하니 열심히 적극적으로 놀아야겠다.

4

당신은 지금 어디에 미쳐 있나요?

"내가 가장 잘 알고 있는 영역이 내가 미쳐 있는 영역이다."

사람은 누구나 어느 정도는 무언가에 미쳐 있다. 정도의 차이일 뿐.
"당신은 지금 어디에 미쳐 있나요?" 이 질문에 당당히 대답할 수 있는
사람이라면 현재를 충실히 잘 살아가고 있는 사람이라 믿는다. 그럼
나는 지금 어디에 미쳐 있나. 나는 현재 책 읽기에 미쳐 있고, 운동에
미쳐 있고, 새로운 도전에 미쳐 있다. 열정을 가지고 무언가에 몰입하
는 것이 바로 미친 거다. 열정이 있는 삶, 무언가에 미쳐 있는 삶이 제
대로 된 삶이다.

◇ ◇ ◇

무언가에 미쳐 있는 사람이 잘 사는 사람이다

내 삶에서 나를 자극하는 것들이 넘쳐날 때 『돈키호테』를 읽었다. 돈
키호테는 "당신은 지금 어디에 미쳐 있나요?"라는 질문을 내 인생에

던졌다. '기사'에 미쳐 있던 돈키호테가 정상⟨?⟩으로 돌아와 시름시름 앓다가 죽어간다. 그런 돈키호테에게 산초가 마지막으로 울부짖는다.

"나리, 돌아가시지 마세요, 제발. 제 충고 좀 들으시고 오래오래 사시라고요. 이 세상에 살면서 인간이 저지를 수 있는 최고의 미친 짓은 생각 없이 그냥 죽어버리는 겁니다요."

산초는 미치광이였던 돈키호테에게, 아니 돈키호테를 비웃었던 세상을 향해 외친다. 무언가에 미쳐서 살았던 돈키호테가 미친 게 아니라, 생각 없이 살아가는 사람들이 진정 미친 거라고. 산초의 울부짖음은 이 세상을 살아가는 모든 사람에게로 향해야 한다.

나는 과연 어디에 미쳐 있는가. 돈키호테를 읽으며 계속 이 생각이 머리를 떠나지 않는다. 그리고 사람은 누구나 어딘가에 미쳐야 한다고 믿게 되었다. 어딘가에 미쳐 있지 않은 사람의 삶은 무미건조하고, 목적 없이 방황하는 삶이다.

문요한 박사는 『오티움』에서 영혼의 기쁨에 관한 질문을 던진다. "당신은 어떤 활동을 할 때 영혼의 기쁨을 느끼는가?" 이 질문을 만났을 때 돈키호테를 떠올렸다. 돈키호테는 '기사 되기'에 빠져들어 시간 가는 줄 모른 채 몰입했고, 이는 돈키호테에게는 영혼의 기쁨이었다. 영혼의 기쁨을 누릴 수 있는 대상을 찾는 게 이 현대사회를 잘 살아가는 방법이 아닐까.

'미치다'에 관한 나만의 정의 내리기

사실 '미쳤다'라는 표현은 두 가지 의미로 생각해볼 수 있다. 하나는 어딘가 몰입해 있음을 일컫는다. 덕후나 오타쿠를 떠올리면 쉽게 이해가 간다. 두 번째는 현실의 부정이라고 생각한다. 현실을 받아들이지 않고, 자신만의 세계관으로 사는 사람이 해당하는 영역이다.

책 속의 돈키호테는 표면적으로는 첫 번째 의미로 그려졌지만, 두 번째 의미도 담고 있다. 현실이 제대로 된 현실이 아니라면 기사에 미친 돈키호테 혹은 현실을 부정하는 돈키호테를 누가 비난할 수 있겠는가. 살아가는 방식에는 변함이 없지만, 그가 속한 사회에 따라 그 사람을 미쳤다고 보거나 평범하다 볼 수도 있다. 『달과 6펜스』에서 찰스 스트릭랜드가 프랑스라는 문명사회 속에서는 미친 사람이었지만, 타히티섬에 들어가서는 사람들과 너무나 잘 지내지 않았던가.

여하튼 '미쳤다'라는 이 두 가지 의미 중 돈키호테는 둘 다에 해당한다. 두 가지 의미는 연결되어 있다. 연결된 관점에서 사람은 누구나 조금씩 미쳐 있다. 무언가에 빠진 사람들은 모두 첫 번째 관점의 미친 부분을 가지고 있고 이는 겉으로 표현된다. 겉으로는 드러나지 않을 수 있지만 두 번째 의미의 미침도 사람들은 어느 정도는 가진다. 다들 정도의 차이가 있을 뿐이다.

아마 나도 어딘가에 빠져들어서 몰입할 수 있는 대상에 '미치다'라는 표현을 쓰고는 있지만 내심 속으로는 현실에 대한 부정도 어느 정도 담고 있는 것 같다. 어떤 관점이 되었든 우리는 어딘가에 미쳐야 한다.

그리고 그 미침의 정도가 큰 사람을 보고 우리는 경외감을 느낀다. 반대로, 미친 부분이 없는 사람, 즉 흥미를 가지고 빠져들어 즐기는 대상이 없고 사회에서 적당히 타협하며 자신의 목소리를 내지 못하는 사람을 측은하게 여긴다.

◇ ◇ ◇

상대방에게 던질 수 있는 최고의 질문은?

"당신은 요즘 어디에 미쳐 있나요?"라는 질문은 상대방을 알고 싶을 때 혹은 그와 친해지고 싶을 때 던질 수 있는 최고의 질문이다. 나는 그렇게 생각한다. 그 이유는 많다.

첫째, 대화가 즐겁다. 사람들은 자신이 미쳐 있는 분야에 관해 이야기할 때 눈빛이 빛나고 대화에도 적극적이다. 내가 가장 잘 알고 있는 영역이 내가 미쳐 있는 영역이다. 잘 알고 있으니, 할 말도 많다. 밤새워서 얘기해도 모자라다. 그런 사람과의 대화는 즐겁다.

둘째, 상대방의 진실한 모습을 알 수 있다. 많은 사람이 직업, 나이,

가족, 학교, 사는 곳 등 우리의 겉모습에 해당하는 무의미한 말을 주고받는다. 그런 질문을 중단하고 '당신은 요즘 어디에 미쳐 있나요?'라고 물어보는 건 어떨까.

누군가가 자신의 최대 관심사에 관해 물어온다면, 우린 그 질문을 반가워하며 흔쾌히 내 이야기를 들려줄 것이다. 순수한 나로 돌아가 진실한 모습을 보여줄 것이다.

셋째, 나와 성향이 비슷한 친구를 만날 수 있다. 피상적인 질문으로는 나와 진실로 맞는 친구를 찾기 힘들다. 나도 좋아하고 너도 좋아하는 것이 있다면, 함께 경험하고 시간을 보내고 싶다. 나는 너를 이해하고 너는 나를 이해할 수 있으니 함께하는 게 참 좋다. 이렇게 만난 관계는 서로를 성장시키는 관계로 발전한다.

꼭 '미쳐 있다'는 표현을 사용하지 않아도 된다. "제대로 빠져 있는 취미가 있으세요?", "덕질하는 대상이 있나요?"의 표현은 어떤가. 그냥 '취미' 아니 '심취해 있는 취미' 혹은 '덕질' 대상을 물어보자.

나는 요즘 새로 시작한 취미에 빠져 있고, 그 취미를 즐기는 여러 친구를 만나 돈독한 관계를 이어가고 있다. 그들과 함께하는 시간은 최고로 즐거운 시간이고, 내가 성장하는 시간이다. '책'을 좋아하는 동지도 새로이 많이 만났다. 그들과의 만남은 늘 나를 설레게 하고 행복하게 한다. 나는 앞으로도 이들과 함께하고 싶다.

5

건강한 감정생활을 위한 제안

"생각대로 되지 않는 세상을 '멋지다.'고 생각하는 사람과
'견디기 힘들다.'고 생각하는 사람이 있을 뿐이다. 나는 전자다."

살아 있다는 것은 느낀다는 것이다. 잘 산다는 것은 잘 느낀다는 것이다. 다양한 느낌(feeling)과 기분(mood) 그리고 감정(emotion)을 생각 없이 흘려보내지 않고 이들을 촘촘하게 경험할 때 우리는 잘 산다고 얘기할 수 있다. 따라서 나는 풍요로운 감정생활이란 건강한 감각 자극을 늘리는 것이라고 이해한다. 이와 더불어 경외감 추구를 위한 의식적인 노력을 기울이고 부정적인 감정보다는 긍정적인 감정을 느낄 수 있도록 노력한다.

◇ ◇ ◇

매일 감동하고 경외감 느끼기

에밀리 에스파하니 스미스는 TED 강연을 통하여 '삶에는 행복보다 더 중요한 게 있다.'고 말한다. 그는 자신을 잊을 정도로 경이로운 순

간, 우리가 더 큰 무언가와 연관되어 있다고 느낄 때의 경험이 삶을 의미 있게 만드는 하나의 방법이라고 한다. 그의 이야기를 듣고부터 감정에 대한 나의 탐구는 '경이로움' 혹은 '감동'으로 이어졌다.

우리는 말로 표현할 수 없는 충만함을 느낄 때 "아~~ 좋다."라고 말한다. 비가 보슬보슬 내리는 날 남편과 우산을 들고 공원을 산책할 때 온갖 운치 있는 풍경 앞에서 이 말이 튀어나온다.

제주도 가족여행을 할 때면 금릉해수욕장의 넓게 펼쳐진 모래사장을 보며, 중문단지 산책로에서 드넓게 빛나는 바다를 바라보며 "야~~ 정말 좋구나."를 연발한다. 이런 순간들이 내 삶에 많이 들어오면 좋겠다. 감동과 경외감을 향한 나의 관심은 계속되었다.

그래서 찾은 책이 『자주 감동받는 사람들의 비밀』이다. 저자는 '감동'을 '광범위하고 압도적이며 파악할 수 없어 받아들이기 힘든 무언가'라고 말한다.

이 책에 따르면 대커 켈트너 교수와 조너선 하이트 사회심리학자 겸 윤리적 리더십학과 교수는 2003년에 발표한 획기적인 연구를 통해 이 감정을 구체적으로 정의했다. 이들은 '감동'을 무한하고 광대한 감정이며 새로운 정보로 자기 자신이나 세계에 대한 이해 방식을 변경해야 할 때 우리 안에서 일어나는 정신 작용이라고 한다.

경외감을 측정하는 매개변수로는 앞의 두 가지 정의를 포함하여 총 6가지로 정리될 수 있다.

1. 거대함에 대한 경험 : 자신보다 거대한 무언가를 경험한다.
2. 이해하려는 욕구 : 도저히 이해할 수 없는 상황이 일어났을 때, 그 상황을 이해하기 위해 내면에서 싸움이 일어나고 그것은 우리의 인식에 영향을 준다.
3. 시간개념 변경 : 감동의 순간 시간이 느리게 가는 것처럼 느껴진다.
4. 작아진 자아 : 거대하게 밀려오는 감동의 소용돌이 속에서 자신이 너무도 작게 느껴지고 이기심도 줄어든다.
5. 소속감 : 덜 이기적으로 행동하고 외향적으로 변하며 다른 사람들에게 친밀감을 느낀다.
6. 신체적 감각 : 감동은 신체적으로도 경험할 수 있다. 소름이 돋고 전율을 느끼며 입을 벌리고 눈에는 눈물이 맺힌다.

무엇보다 흥미로운 사실은 '감동'이 '자동화된 마인드풀니스'라는 사실이다. 마인드풀니스(mindfulness)란 '현재의 순간에 주의를 기울이는 마음 상태'를 의미하는 것으로 우리말로 '마음 챙김'이라고도 한다. 마음의 평온을 위하여 '마인드풀니스' 명상을 하고 싶은데 시간을 내기 힘들거나 여의치 않다면 내 일상 속에서 '감동'을 찾아보는 건 어떨까.

우리가 감동하고 경외감을 느낄 방법은 무수히 많다. 우선 노을, 바다 혹은 숲과 같은 자연을 마주할 때 그런 감정을 느낀다. 아니면 지구의 모습을 보거나 우주로 시선을 돌려보는 것도 좋은 방법이다. 나의 경우, 우주에서 바라본 지구의 모습에 형용할 수 없는 경외감을 느꼈고 오랫동안 그 여운이 남아 행복했던 기억이 있다.

다음으로 예술이 주는 경외감이 있다. 문학, 음악, 회화 등을 통해 우리는 감동을 느낀다. 내가 꾸준히 고전소설을 손에서 놓지 못하는 이유도 바로 '경외감'과 '감동'에 대한 기대 때문이기도 하다. 『죄와 벌』을 읽으며 주인공을 따라 신열에 시달리는 경험을 했고, 『싯다르타』를 통해 단순하되 가장 근본적인 인생의 깨달음을 얻고, 『돈키호테』를 읽는 동안 주인공을 경외감으로 바라보았다. 음악과 그림은 또 어떤가? 보면 볼수록, 빠져들면 빠져들수록 감동은 커진다.

또한 사람에게 감동할 수도 있다. 넉넉하지 않은 삶을 살면서도 더 어려운 이웃을 돕는 사람들에 대한 기사를 보며 우리는 가슴이 따뜻해지는 걸 느낀다. 기후 1인 시위에 이어 UN에서 기후 문제에 대한 열정적인 연설을 했던 15세 소녀 그레타 툰베리를 보며 우리는 감동한다. 소소하게는 오랜만에 친구로부터 걸려온 안부 전화에 감동을 경험하기도 한다.

그 외 천재성이 돋보이는 세계적 건축물이나 불가사의한 고대 건조물 등도 경외감을 느끼는 대상이 될 수 있다. 파리 에펠탑, 이집트 피라미드, 스페인 사그라다 파밀리아 성당, 만리장성 등 내 눈으로 직접 보고 경외감을 느끼고 싶은 곳은 넘친다.

『자주 감동받는 사람들의 비밀』은 '감동' 혹은 '경외감'을 주제로 한 몇 안 되는 책 중 하나다. 이 책에는 감동 훈련법이 소개되어 있는데, '하루 한 번, 반드시 산책하기', '하루 한 번, 하늘을 올려다보기', '하루 한 번, 감동을 찾아 읽기', '하루 한 번, 감동을 기록하기'이다.

나는 오늘도 공원을 산책하고, 단풍 사이로 하늘을 올려다보고, 이어령 교수님의 책을 읽으며, 이렇게 감동에 대해 기록한다. 내 삶에 '감동'과 '경외감'을 항상 곁에 둔다.

◇ ◇ ◇

긍정적으로 생각하기

똑같은 환경 속에서도 사람에 따라 특정 상황을 받아들이고 해석하는 방식은 상이하다. 내 마음이 부정적이라면 온통 세상은 살기 힘든 곳이 되고, 내 마음이 긍정적이라면 이 세상은 힘들지만 아름답고 살 만한 곳이 된다. '모든 게 마음먹기에 달렸다.'는 말도 있지 않나.

좋은 면을 보려고 의식적으로 노력하면 꽤 괜찮은 면을 진짜 발견하게 된다. 이게 반복되다 보면 슬프거나 우울해질 틈이 없다.

어느 날 아침, 남편에게 멘붕이 왔다. 지금껏 살면서 이처럼 정신 나간 표정을 짓는 건 처음 봤다. 안 그래도 정신없이 바쁘고 업무가 과중한데, 엎친 데 덮친 격으로 더 크고 민감한 일이 터진 것이다. 정신없이 출근하는 남편이 무척 안쓰럽다. 낮에는 될 수 있으면 개인적인 연락은 하지 않았다. 너무도 바쁠 것이라는 사실을 알기에.

힘든 남편을 위해 내가 할 수 있는 건 힘내라는 말밖에 없을 거 같다. 예전 나의 모습을 떠올려 보았다. 내가 만약 극도의 힘든 상황에 처해 있다면, 어떤 메시지가 나를 위로해줄 수 있을까? 빨간 머리 앤이 생각났다. 긍정의 아이콘, 빨간 머리 앤!

내가 위로받았던 문장을 하나 찾아 이쁜 글꼴로 적어서 남편 카톡으로 전송했다. 바로 확인하지는 못하겠지만, 바쁜 와중에 이 문장 하나가 위안이 되어주길 바라는 마음으로.

"엘리사가 말했어요!
세상은 생각대로 되지 않는다고.
하지만 생각대로 되지 않는다는 건 정말 멋져요.
생각지도 못했던 일이 일어나는걸요."

남편으로부터 답장은 없었다. 어느 정도의 시간이 지난 뒤 카톡 메시지를 읽은 듯했다. 그렇게 하루가 가고, 이틀이 가고, 바쁜 남편과 대화를 나눌 시간이 좀체 생기지 않았다. 그러다 나중에 그 메시지에 대한 일화를 듣게 되었다.

당연히, 그 문장으로 남편은 많은 위로가 되었다고 했다. 잠시 숨 고르기를 했고 생각이 긍정적으로 바뀌었다고 했다. 새로 꾸려지는 회사에 합류하면서 이런저런 다양한 이슈들을 해결해나가는 중이었는데, 갑자기 그런 바쁜 상황이 긍정적으로 보이더라는 거다. "정말 멋져! 생각지도 못했던 일이 일어나는걸. 하물며 우리 회사는 정말 멋져! 그런 멋진 일들이 너무도 많잖아!" 그러면서 남편은 웃었다.

긍정적으로 생각하기가 그의 생각을 바꿔버린 것이다. 그리고는 남편은 그 메시지를 회사 직원들에게 전달했단다. 그랬더니 다들 이구동성으로 "와우! 정말 우리 회사는 멋져요! 생각지도 못했던 일이 정말 정말 많이 일어나요!"라고 했다는 웃지 못할 일화를 전해준다.

내가 바라보는 방식으로 세상은 굴러간다. 사실 누구에게나 세상은 생각대로 되지 않는다. 단지, 생각대로 되지 않는 세상을 '멋지다.'고 생각하는 사람과 '견디기 힘들다.'고 생각하는 사람이 있을 뿐이다. 나는 전자다.

◇ ◇ ◇
사랑을 실천하기

독일의 사회심리학자인 에리히 프롬은 『사랑의 기술』에서 '사랑'이란 받는 것이 아니라 주는 것이라고 강조한다. 그런데 사람들은 사랑을 받으려고는 노력하면서 정작 주려고 애쓰지 않는다고 이야기한다. 생각해보니 우리는 대부분 '사랑받고 싶다.'라고 말하지 '사랑 주고 싶다.'라고 말하지 않는다는 사실을 떠올리며 피식 웃는다.

그는 누군가를 사랑하는 사람은 상대방에게 "자기가 가진 가장 귀중한 것, 자신의 생명, 자신의 기쁨, 자신의 지식, 자신의 이해, 자신의 슬픔, 무엇보다 자기 안에서 살아 숨 쉬는 것을 내어준다."라고 말한다. 과연 나는 적극적으로 내가 가진 귀중한 것을 남편에게 주고자 했나? 아마 그런 적극성까지는 띠고 있지 않은 듯하다. 역시 사람은 배워야 한다. 사랑도 배워야 한다.

프롬은 사랑에 필요한 요소로 배려와 책임감과 존중, 그리고 상대에 대한 깨달음을 들었다. 그리고 사랑은 맹세나 감정만으로는 부족하고 오직 행동으로 입증해야 한다고 말한다. 마흔이 넘은 나이, 결혼 20년 차를 넘기고서 이제야 제대로 사랑에 대해 배우는 느낌이다.

그래도 우리 부부는 그나마 잘 사는 것 같다. 대화를 많이 하는 편이고, 서로를 배려하고 존중한다. 배움에는 이론의 습득과 실천이 동시에 필요하다는데, 프롬이 말하는 사랑의 기술을 잘 습득하고 우리 부부의 사랑과 결혼 생활에 참고할 만한 것들은 잘 챙긴다.

프롬은 사랑을 하기 위해 훈련과 집중과 인내가 필요하다고 한다. 나는 특히 '집중' 부분을 읽으며 나의 부족한 부분에 대해 생각했다. "집중은 내가 먼저 말하지 말고 타인의 말에 귀를 기울이라는 의미이기도 하며, 이 또한 마음을 내려놓은 상태에서만 가능하다."

그동안 내가 남편의 이야기에 귀를 기울이기보다 남편에게 내 이야기에 귀 기울여달라고 요구했던 것 같다. 나를 표현하기에 앞서 상대에게 귀를 기울이고자 노력해야겠다.

육아에 치여서 남편과의 관계가 소원했던 때가 있었다. 아이들로부터 해방되는 짧은 시간엔 각자 자신의 재미를 찾아서 핸드폰과 컴퓨터로 얼굴을 들이밀었다. 아마 보통 부부의 모습일지도 모르겠다.

부부 사이가 좋았던 한 언니가 부부 여행을 권한다. 남편이랑 나랑 둘이서 여행을? 처음엔 "에이~ 어떻게 남편이랑 나랑 둘이서 여행을 가요."라고 했지만 '한번 가볼까?'라는 생각이 들었다.

남편과 제주도 여행을 갔다. 그리고 올레길을 걸었다. 그런데 한적한 올레길을 걷다 보니 할 수 있는 게 대화밖에 없었다. 자연스럽게 몇 시간을 이야기하며 걷고 또 걸었다. 우리 부부의 대화는 그렇게 시작되었고, 그 대화의 시간을 통해 우리는 중년의 상대방을 받아들이고 각자의 감정을 이해하기 시작했다.

그 이후로 우리의 대화 주제는 육아에서 벗어나 우리의 '인생'으로 옮겨갔다. 우리 부부의 행복, 가족과 인생 그리고 중년인 우리의 미래에 관한 이야기로 점점 채워져갔다.

이제 나는 주변의 친구들에게 권유한다. "남편과 둘이서 여행을 다녀와~."라고. 그러면 그들은 말도 안 된다는 표정으로 예전의 나처럼 반응한다. "남편이랑 둘이서만?"

사랑에도 기술이 필요하지 않은가. 프롬이 말한 사랑의 요소 중 상대방에 대한 깨달음은 '대화'를 통해 가능하다. 그리고 보니 우리는 프롬이 말한 사랑의 요소 4가지를 어느 정도는 갖추고 있는 것 같다. 배려와 책임감과 존중, 그리고 상대에 대한 깨달음.

사랑을 적극적으로 주는 삶을 살아가자. 사랑이 있는 삶이 행복한 삶이다.

6

행복에 대한 정의를 스스로 찾아보자

"작은 즐거움을 많이 기억해낼 수 있는 사람이 늘 행복한 사람이다."

여러분은 '행복'을 말할 때 마음속에 무엇을 떠올리는가. 모호한 '행복'이라는 단어 말고 명확한 자신만의 정의를 찾아보자. '행복'에 대한 자신만의 정의를 늘 염두에 둔다면 우리의 일상 속에서 행복한 순간을 더욱 많이 발견할 수 있을 것이다.

◇ ◇ ◇

행복은 아름다움을 느끼는 것이다

행복을 '느낀다'는 것은 아름다움을 느끼는 것이다. 우리는 아름다움을 느끼는 그 순간, 행복을 경험한다. '아름다움'이란 모양이나 색깔, 소리 따위가 마음에 들어 만족스럽고 좋은 상태를 말한다. 우리는 눈으로 아름다운 대상을 보고, 귀로 아름다운 소리를 듣고, 손이나 피부로 부드럽고 아름다운 감촉을 느낀다.

결국 같은 세상을 아름답게 보거나 아름답게 보지 않는 것은 바로 보는 이의 감각의 차이다. 행복의 차이는 세상을 바라보는 사람의 감각 차이에서 기인한다고 볼 수 있다. 나의 감각을 의식적으로 작동시킬 때, 즉 대상에 다가가 적극적으로 아름다움을 경험하고자 할 때, 우리는 행복을 느끼고 더 나아가 우리의 감각은 더욱 단련되고 섬세해진다. 선순환이 일어나는 것이다.

"자세히 보아야 예쁘다."라는 나태주 시인의 시도 있지 않은가. 적극적으로 이해하려고 노력할 때 아름다움을 발견할 수 있다.

나는 남편과 함께하는 공원 산책을 좋아한다. 아파트 건너편에 있는 공원은 아름다움을 느끼기에 최적의 장소다. 주말 오후 비라도 내리면 남편과 나는 서로를 바라보며 어서 나가자는 눈빛을 교환한다.

비 오는 날의 공원은 그야말로 운치가 넘쳐흐른다. 그동안 메말랐던 감각을 깨울 좋은 기회다. 한적한 공원에서 느끼는 비 오는 날의 운치는 그 어떤 무뚝뚝한 사람도 감상에 젖게 만든다.

토독토독 빗방울이 우산을 때리는 소리, 자박자박 비에 젖은 길을 걷는 우리들의 발소리에 더해 간간이 부는 바람은 어디선가 빗방울이 굴러떨어지는 소리를 만들어낸다. 내 피부에서 느껴지는 비를 머금은 시원한 공기는 한껏 들이마시고 싶은 상쾌한 공기다. 가을이 되면 남편과 부지런히 공원 나들이를 다닌다. 놓칠 수 없는 아름다움이 가득하기 때문이다.

밤이라면 우리의 산책 코스에서 가장 고즈넉한 장소에 멈춰 서서 길가 옆 풀밭으로 살짝 들어간다. 늦은 시간이라 인적은 드물다. 그리고 눈을 감는다. 점점 내 감각은 깨어나고 풀벌레 우는 소리가 크게 들려온다. 걸을 때는 느끼지 못했던 소리가 내 주변을 감싼다. 동시에, 주위가 청명한 소리로 한가득하다는 사실을 깨닫는다. 게다가 바람이라도 불면 잎사귀들의 사라락거리는 소리는 풀벌레 소리에 화음을 더한다. 가끔 새가 운다. 올빼미가 운다.

나는 눈을 감고 온전히 내 감각에 귀를 기울이며 황홀해한다. 남편도 나처럼 황홀해할 거라는 사실을 의심할 수가 없다. 우리가 함께 경험하는 이런 황홀함은 우리를 더욱 끈끈하게 이어준다.

눈을 뜨고 우리는 흐뭇한 미소를 띠며 서로를 바라본다. 오늘도 우리는 아름다움을 느꼈고 행복함을 만끽했음에 흡족해한다. 연신 '이런 게 행복이야.'라며 호호 낄낄대며 남은 코스를 걷는다.

◇ ◇ ◇

행복은 빈도의 문제다

나도 한때는 나중의 큰 행복을 위해 지금의 작은 행복을 미뤘던 사람이다. 하지만 이제는 안다. 행복은 미루는 게 아니라는 사실을. 행복도 마음의 습관이기에 자주 느낄수록 더 잘 느끼게 되고, 미루다 보면 행복한 순간이 와도 잘 느끼지 못하는 무감각한 상태로 변해간다. 소소하지만 작은 행복을 자주 느낄수록 내 삶이 행복해진다.

행복은 큰 성취로부터 얻는 것이 아니다. 어떤 사람들은 돈을 많이 모으면 행복하리라 생각하고 소비를 줄이고 돈을 모으는 데에 혈안이 되기도 한다. 회사에서 부서장으로 승진해야 최고의 행복이라 생각하며 고과를 더 받고 승진하기 위해 지금의 행복을 담보 잡힌다.

한 번 행복하고 말 것인가? 한 번의 큰 성취로 얻은 행복은 자고 일어나면 없어질 행복이다. 일상 속의 작은 행복을 추구해야 한다.

행복을 연구하는 최고의 지성인인 서은국 교수는 『행복의 기원』에서 말한다. "최고의 행복은 좋은 사람들과 맛있는 음식을 먹는 것이다." 오늘 저녁 가족들과 함께 외식하며 대화를 나누는 시간이 가장 행복한 시간이 될 수 있다.

우리 가족도 소박한 행복을 자주 누리려고 애쓴다. 사춘기에 접어든 아이들과 함께할 수 있는 행복은 뭐니 뭐니 해도 외식이기에 가족이 다 같이 아이들이 좋아하는 돼지갈비집을 종종 찾는다. 그리고 주말 저녁엔 맛집 음식을 시켜서 함께 식탁에 둘러앉아 대화하며 먹는다. 남편과는 일주일에 한 번은 둘이서만 외식을 하려고 한다. 아이들이 없으니, 우리가 좋아하는 다양한 음식을 먹으면서 맥주 한 캔, 와인 한 잔을 마시며 속 깊은 대화를 나누는 것은 소소하지만 최고로 행복한 시간 중의 하나다.

그리고 주기적으로 여행도 다닌다. 여행은 집을 떠나 낯선 공간에서 머무른다는 자체에 의미가 있다. 가끔은 서울 시내, 집 근처 호텔에서 1박 2일을 머무르고 오기도 한다. 그 시간은 가족이 온전히 힐링하는 시간이다. 혹자는 굳이 집이 근처인데 호텔 가서 자냐고 하지만 우리에겐 그 낯선 장소에서 가족이 한 공간에 모여서 머무르는 것 자체가 의미 있는 시간이다.

개인적으로 추구하는 소소한 행복도 많다.

첫째, 나는 새벽에 일어나 독서를 한다. 동이 트는 새벽을 느끼며 책상에 앉아 책을 읽으면서 감동하고 재미를 느낀다. 조용한 시간에 책 속 세상을 다녀오는 여행은 짧지만 큰 행복이다. (책에서 얻는 즐거움은 이미 1장에서 충분히 소개했다.)

둘째, 주기적으로 친구들과 지인을 만나 수다 떨고 다양한 경험을 공유한다. 우리의 삶에 관하여 대화를 나누고, 함께 운동하고, 맛집을 찾아다니는 경험은 그 자체가 즐거움이고 행복이다.

셋째, 적극적으로 취미 생활을 추구한다. 화실에서 그림을 그릴 때면, 오롯이 몰입하여 창조적인 활동, 나를 표현하는 활동을 하며 즐거움을 느낀다.

넷째, 혼자만의 시간을 갖는다. 서재에서 보내는 시간은 나와 대화하는 시간이다. 혹은 혼자 머물기 좋은 카페에 앉아 커피를 마시며 글을 쓰고 책을 읽는다. 군중 속에서 보내는 혼자만의 시간도 나에게 집중할 수 있는 감사한 시간이다.

주기적으로 이러한 소소한 행복을 만들어간다. 행복의 빈도를 늘려간다. 그러다 보면 어제 행복했고, 오늘도 행복하다. 그리고 내일도 행복할 예정이라 설렌다. 그냥 행복해진다.

이러한 행복해지기 습관은 나를 변화시켰다. '오늘도 찬란하다.', 그리고 '즐거운 게 정말 많아요.'라는 말이 입에 배었다. 오늘도 작은 행복들로 채워져서 '찬란한 하루'를 보낸다. 찬란한 하루를 보내고 싶은가? 오늘 하루를 작은 행복들로 채우면 된다.

◇ ◇ ◇

행복은 발견의 대상이다

'행복'은 우리의 일상 속에 보물처럼 숨어 있다. 내가 주변을 잘 살필수록 발견하는 행복도 많아진다. 일상 속 보물은 잘 관찰하는 사람만이 찾을 수 있다. 매일 반복되는 일상이지만, 조금만 섬세하게 바라보면 찰나의 순간들이 모두 새롭고 아름답게 보일 것이다.

여느 날과 같은 아침 출근길이었다. 느리게 걸으며 평소에 둘러보지 않았던 주변을 찬찬히 둘러보니, 이전엔 보지 못했던 많은 따스함을 보게 되었다. 엄마 손을 잡고 유치원 가는 친구를 보며, 우리 아이들 어릴 적 모습이 떠올라 미소가 지어진다. 켜켜이 쌓인 빨간 단풍잎과 바람이 불 때마다 우수수 날리는 노란색 은행잎을 보며 황홀해한다. 이런 소소한 풍경을 눈에 담은 날은 나에게는 특별한 날이 되었다.

혹은 책 속에서 발견하는 문장에서도 행복을 발견할 수 있다. 나는 좋은 문장을 만날 때면 바로 그 자리에서 기록해둔다. 이런 문장들은 내 삶의 내비게이션이 된다. 다른 이에겐 의미 없는 문장일 수 있다. 하지만 나에겐 삶의 등대와도 같은 문장이다. 이런 문장을 발견한 오늘은 참 행복한 날이 된다.

주의 깊게 살펴보지 않아서 발견하지 못했던 소소한 행복을 찾아보자. 주변에 널려 있으나 관심을 가지고 보지 않았기 때문에 몰랐던 행복들 말이다. 행복 '보물찾기' 놀이를 해보자.

◇ ◇ ◇

행복은 철저하게 일상적이다

행복은 멀리서 찾을 필요가 없다. 일상 속에 행복이 깃들어 있다. 나의 경우 퇴사하고 난 뒤 아이들과 함께하는 모든 일상이 행복이었다. 아이들이 꼬맹이였을 때 느꼈던 행복과는 다른, 지금의 일상 속에서 발견하는 감동이었다. 행복은 철저하게 일상적이라는 걸 온몸으로 느꼈다.

내가 퇴사한 시기는 첫째가 중학생, 둘째가 초등 고학년일 때였다. 회사를 가지 않고 집에 머물며 딸아이와 함께 여유 있게 나누는 대화가 너무 좋았다. 나는 그의 일거수일투족을 보며 혼자 흐뭇해하며 즐거워했다. 예전에는 좀처럼 누려보지 못했던 일상이 주는 행복이다.

아침에 교복이나 학교 체육복을 챙겨 입은 모습은 또 다른 감동이었다. 장난기 많던, 하고 싶은 게 너무 많았던, 흥이 많아 엉덩이를 바닥에 붙이고 있질 않던 우리 딸아이가 중학생이 된 것도 감동이다.

초등학생인 아들은 의젓하고 배려심이 많은 무척 귀여운 아이다. 아침에 일어나기 싫은 모습으로 일어나 까치집을 머리에 이고 뿌루퉁한 모습으로 식탁에 앉은 모습에 절로 미소가 나온다. 아들이 밥을 참잘 먹는다는 사실도 알게 된다. 그래서 이렇게 잘 자라나 보다. 학원 숙제를 뚝딱 해버리고는 유튜브 볼 시간을 좀 더 확보했다며 자랑스러워하는 모습도 감동스럽다.

그 외에도 찬찬히 생각해보면 일상에서 발견할 수 있는 행복이 참많다. 유튜브에서 '가을 재즈 카페 음악'을 틀고 서재에서 책 읽기, 필라테스복으로 갈아입고 거울 앞에서 유튜브 필라테스 영상 따라 하기, 음악 들으며 전신욕하기, 오랜만에 전신 아로마테라피 받기, 미용

실에서 머리하며 패션 잡지 읽기, 서점에서 과소비하기, 서울 근교 드라이브하고 카페서 커피 마시기 등.

철저하게 일상적이지만 행복한 활동은 넘쳐난다. 생각나지 않는다면 적어보는 것도 한 가지 방법이다. 그리고 어느 날 행복하고 싶을 때 그냥 하나 고르자. 그리고 그걸 해보자.

◇ ◇ ◇
행복은 기록 들추기다

화, 경멸, 두려움, 괴로움과 같은 부정적인 감정은 오래 머무르는 경향이 크다. 하지만 즐거움과 행복한 감정은 순식간에 스쳐 지나간다. 다 같이 '감정'인데 왜 유독 부정적인 감정들이 더 오래 남는 걸까. 이유는 우리의 뇌가 '부정'적인 감정을 계속 되새김질하며 떠올리기 때문이다. '생존'을 위해서 부정적인 것들에 늘 긴장하고 예의 주시해야 하는 뇌의 근본 기제가 문제다.

감정 자체는 순간 느껴지는 것이지, 지속되는 것이 아니다. 단지 내가 반복해서 떠올리느냐가 나의 감정의 상태를 좌우한다.

행복도 마찬가지다. 행복이란 결코 즐거움이 지속되는 상태가 아니다. 행복한 감정을 느낀 작은 순간들을 자주 떠올려야 행복을 오래 누릴수 있다. 작은 즐거움을 많이 기억해낼 수 있는 사람이 늘 행복한 사람이다. 그 순간을 상기하며 그때의 즐거운 감정을 다시 느끼는 것이다.

그래서 나는 나를 즐겁게 해준 것들을 가끔 메모한다. 순간의 즐거움이기에 일부러 다시 떠올리지 않으면 기억의 저편으로 사라질 것들이 꽤 될 테다. 이것들을 차곡차곡 고이 적어본다. 그러면 내가 오늘이렇게 즐거운 일이 많았고, 감사할 일이 많았다는 것을 알게 된다.

2024년 초반에 방송되어 인기를 얻었던 tvN의 드라마, 〈눈물의 여왕〉이 떠오른다. 여자 주인공 홍해인이 '기억하지 못하는 삶'은 살지 않겠다고 하는 모습을 보며 가슴 아프지만 공감이 갔다. 뇌 수술을 받아서 좋은 기억까지 모두 잃어버리느니 차라리 짧지만 좋은 기억을 간직한 채 살다 죽겠다고 한다.

〈눈물의 여왕〉을 보면서 '기억' 혹은 '추억하기'에 관해 많은 생각을 했다. 우리가 여행을 가고, 책을 읽고, 다양한 경험을 하는 것은 그 순간의 즐거움도 있겠지만, 기억해낼 수 있는 행복 목록을 늘리려는 목적도 있다.

이는 내가 블로그에 기록을 하는 이유 중 하나이기도 하다. 나중에다시 읽어보고 그 순간을 잘 '기억'해내기 위함이다. '추억하기'를 통해다시 행복을 느끼고 싶기 때문이다. 하루하루 목록이 쌓이고, 즐거운순간이 누적되면서 시나브로 '나는 행복한 삶을 살고 있구나.' 생각한다. 적은 노력으로도 '행복'이라는 큰 수확을 얻을 수 있다.

꽤 괜찮은 어른이 되고 싶어요

습관은 에너지를 아끼려는 우리 몸의 기제입니다. 일상 활동에서 약 40%는 모두 습관이며, 의식이 관여할 수 있는 부분은 고작 60%에 불과하죠. 만약 40%를 차지하는 무의식의 영역을 좋은 걸로 채우고, 나머지 60%는 더욱 의미 있는 활동에 매진한다면 어떨까요? 내 삶은 더 풍요롭고 만족스러운 삶이 될 수 있지 않을까요? 이런 생각을 하며 습관에 관심을 가지기 시작했습니다. 특히, 마음 습관에 관해서요.

젊었을 때는 매사에 부정적이고 걱정이 많았습니다. 마치 세상의 모든 걱정을 제가 다 짊어지고 사는 듯했습니다. 실수를 인정하기 싫었고, 누구에게 사과하는 것은 자존심이 허락하지 않았죠. 재미라곤 없는 사람이었습니다. 늘 행복을 미루며 하루하루를 바쁘게 열심히만 살았습니다. 삐딱한 마음 습관도 많았던 거 같아요. 팍팍한 마음을 가지고 젊은 시절을 보낸 것 같습니다.

하지만 이제는 유연하되 긍정적으로 살려고 합니다. 습관의 기제를 이해한 만큼, 내가 바라고 기대하는 쪽으로 마음 습관을 들이려고 합니다. 괜찮은 어른이 되고 싶거든요.

특히 저는 재미를 찾는 것에 진심입니다. 벌써 마흔이잖아요. 저는 재있게 사는 사람들이 제일 부러워요. 그래서 저도 재있게 살아보려고요. 꼭 돈을 많이 쓰거나 해외여행을 많이 다니는 게 재미있는 건 아닙니다. 혼자 할 수 있는 놀이도 무궁무진합니다. 푹 빠져서 할 수 있는 활동이라면 뭐든 재미있어요.

나이 마흔을 지나며 '마음가짐'에 관해 참 많은 궁리를 했던 거 같습니다. 그동안의 내 마음을 되돌아보고 추스를 나이가 된 거죠. 하나, 둘 내 마음을 어떻게 써야겠다는 기준이 생기더라고요. 여러분도 찬찬히 자신의 마음가짐에 대해 생각하고 기준을 찾아보시길 바랍니다. 내가 바라보는 이 세상을 재미있고 아름답게 만들어보자고요!

단단하고 바른 마음을 갖기 위한 지혜

1. **나만의 마음 습관을 만들자**

   나는 어떤 마음 습관을 갖고 싶은지 생각해보라. 그리고 꾸준히 실천
   하자. 습관을 들인 마음은 무의식이 되고 나는 그런 사람이 될 것이다.
   본문에는 공감, 단순함, 감사, 바른 마음을 이야기했다. 이를 참고하여
   자신만의 기준을 찾아서 마음 습관을 들여보자.

2. **내 공간을 만들자**

   내 방 혹은 내 공간을 마련하라. 온전히 집중해서 머무를 수 있는 공간
   을 찾자. 그리고 그 공간에서 가치 있는 활동을 꾸준히 반복하자. 내가
   애쓰지 않아도 그 행동이 스며 나올 때까지.

3. **재미를 추구하자**

   죽기 전에 가장 크게 후회하는 것 중 하나가 '재미없게 살았구나.'라는
   한탄이 아닐까. 늘 재미를 추구하라. 죽기 전까지 즐겁게 살자!

4. 어딘가에 미치자

'나 요즘 ○○에 미쳤어.'라고 말할 만한 것을 찾자. 그런 사람은 누군가의 부러움의 대상이다. 내가 그런 사람이 되어보자.

5. 매일 감동하자

감동은 행복의 또 다른 말이다. 매일 감동하는 삶은 행복한 삶이다. 주변을 둘러보라. 감동할 것이 넘쳐난다. 화창한 날엔 눈부신 햇살에 감동하고, 비가 오면 비가 오는 대로 고즈넉한 분위기에 감동하자.

6. 긍정적으로 생각하자

'세상은 결국 내 마음속에 있다.'라는 사실을 마음에 담고 늘 긍정적으로 세상을 바라보자. 생각대로 되지 않더라도 이 세상이 멋져 보일 것이다.

7. 늘 사랑하자

생의 마지막에 내가 남길 수 있는 최고의 선물은 바로 '사랑'이며 내가 죽을 때 유일하게 가지고 가고 싶은 것도 '사랑'이다. 무얼 더 바랄까. 최선을 다해 사랑하자.

8. 행복을 스스로 정의해보자

행복해지고 싶다면 무엇이 행복인지부터 알아야 한다. 내가 생각하는 행복은 무엇이며, 언제 내가 행복한지 생각해보라. 행복에 대한 나만의 정의를 찾아보라. 그리고 행복해지자!

당신의 제시카는 어떤 모습인가요?

인생을 살아가는 지혜는 다양합니다. 삶을 살아가는 자기만의 방식이 있으며, 추구하는 가치도 제각각이죠. 하지만 유심히 들여다보면 이들은 비슷한 결론으로 통한다는 생각입니다. 한마디로 아프지 않고 건강하게 잘 사는 것입니다.

사람들은 이를 다양하게 표현합니다. 행복해지고 싶다고, 의미 있는 삶을 살고 싶다고, 즐겁게 살고 싶다고요. 또 다른 표현은 무수히 많습니다. 자기에게 편한, 자기에게 영감을 준 단어와 문장으로 표현할 뿐이죠.

저는 저만의 방식으로 슬기로운 마흔 생활 그리고 단단하게 인생을 살아가는 지혜를 이 책에 담았습니다. 늘 '책'을 읽고 '운동'에 진심이며 '소통'과 '마음가짐'을 챙기는 삶으로요.

이제는 여러분 차례입니다. 당신의 제시카는 어떤 모습인가요? 어떤 모습으로 여러분의 인생을 단단하게 살아나가고 싶은가요? 저의 제시카와 같은 모습일 수도 있고, 더 큰 로망이 담길 수도 있으며, 보다 소소한 삶일 수도 있을 거예요.

당신의 제시카는 어떤 모습인지 다음 페이지의 빈칸을 채워보시기* 바랍니다. 그리고 우리 함께 멋진 제시카로 살아갑시다. 남은 인생을 흔들리지 않고 단단하게, 100세까지 즐겁고 건강하게! 그리고 가끔 우리 마주치면 인사하기로 해요. 하이, 제시카!

---

* 다음 페이지의 첫 문장은 따라 쓰거나 기존 내용을 참고해서 쓰시고, 두 번째 문장은 오롯이 자신이 바라는 모습으로 적어보시기 바랍니다.

나 제시카, _____ 는(은)

늘 책을 가까이 하고,

적극적인 건강함을 추구하며,

내가 좋아하는 패턴으로 습관이 잡혀 있고,

감정적으로 풍요로운 삶을 삽니다.

_____ ,

_____ ,

_____ ,

_____ .